ZWISCHEN DEN SPIEGELN

Qamar Mahmood

Novelle

BoD Verlag

Es gibt nur einen einzigen Künstler.

Alle anderen sind Interpreten.

Bibliografische Information der Deutschen Nationalbibliothek:
Die Deutsche Nationalbibliothek verzeichnet diese Publikation
in der Deutschen Nationalbibliografie; detaillierte bibliografische
Daten sind im Internet über http://dnb.dnb.de abrufbar.

© 2019 Qamar Mahmood
Korrektur & Lektorat: Christian Gschwendtner
Herstellung und Verlag:
BoD – Books on Demand, Norderstedt

1. Auflage, April 2019
2. Auflage, August 2019
ISBN: 978-3-7494-3425-1

INHALT

I

ENTSCHEIDUNG

Manche Tage sind grau
Andere sind grauer
Bis sie in Dunkelheit versinken
Und in Helligkeit erwachen

Wie sehr Licht einen blenden kann, merkst du erst, wenn du auf der Bühne stehst. Eine Bühne, die aus dem Sklaven einen Gladiator und aus dem Gladiator einen Helden macht. Eine Bühne, die alle Spiegel um dich herum beseitigt, sobald die Scheinwerfer auf dich gerichtet sind – du stehst da mit all den Feinden, die damit drohen, dein Spiel zu entlarven. Ein Schweißtropfen auf der Stirn, eine falsche Regung im Gesicht, ein unschuldiges Räuspern – alle werfen dir Schlingen um den Hals und drohen damit, sie zuzuziehen. Die Lüge, ein Gladiator zu sein, ein Held zu sein, treibt einen Abend für Abend an den Abgrund und droht zu scheitern.

Und sie bezahlen dafür. Ja, sie bezahlen dafür, angelogen zu werden und bewundern dich dafür, wie gut du lügst. Jeden Abend kommen sie, fein gekleidet; Männer mit ihren Frauen, Frauen mit ihren Männern, ihre Kinder der Obhut Fremder oder zufällig verwandter überlassen. Sie gönnen sich selbst einen Moment, um angelogen zu werden – da diese Lüge die Wahrheit des Alltags erträglicher macht. Eine Lüge gibt ihnen das Gefühl, dass noch alles möglich ist. Sie denken, sie kommen als Menschen und gehen als die Helden, die sie noch auf der Bühne bestaunen konnten. Nun ja, sie haben ja auch dafür bezahlt – mit leeren Händen gehen sie auf keinen Fall nachhause. Und sollten sie merken, dass der Held eigentlich nur ein Gladiator ist oder vielleicht doch nur ein Sklave. Dann wollen sie am liebsten ihr schwer verdientes Geld zurück. Denn für einen Sklaven bezahlen sie nicht. Nicht heute, nicht morgen. In keiner Version der Geschichte, die sie ihren Freunden am Abendessen einschenken, kommen Sklaven oder Gladiatoren vor. Nur der Held darf leben, er hat Anspruch auf die Lüge, für die man bezahlt hat.

Und da stehst du nun. Schwarz gekleidet. Tiefes schweigendes Schwarz. Das Einzige, was sie von dir in der Dunkelheit erblicken, sind dein Gesicht und deine Hände. Denn ein guter Magier lenkt mit seinen Worten von seinen Händen ab. Noch wenige Minuten zum letzten Akt. Der letzte Akt, der alles bedeutet. Das Paradies oder die Hölle. Alle anderen Akte waren nur das Vorspiel für das krönende Ende.

Der Vorhang geht auf und die Scheinwerfer brennen sich auf deine Haut. Du nutzt jede Bewegung, um dieser unerträglichen Hitze zu entkommen und das im dunkelschwarzen Elend. Du sprichst, du spielst, du täuschst, du vergnügst, du verwirrst und du erlöst. Und im letzten Akt am besten alles auf einmal – am liebsten gleichzeitig. Vor dem letzten Monolog gönnt man dir einen Atemzug, den du brauchst, um das Ende einzuläuten. Das sehnlichst erwartete Öffnen der Truhe, aus dem sich jeder etwas anderes aussuchen und mit nachhause nehmen darf.

„Wenn wir Schatten euch beleidigt
O so glaubt und wohl verteidigt
Sind wir dann – ihr alle schier
Habet nur geschlummert hier

Und geschaut in Nachtgesichten
Eures eignen Hirnes Dichten.
Wollt ihr diesen Kindertand,
Der wie leere Träume schwand,
Liebe Herrn, nicht gar verschmähen,
Sollt ihr bald was Besseres sehn.
Wenn wir bösem Schlangenzischen
Unverdienterweise entwischen,
So verheißt auf Ehre Droll
Bald euch unsres Dankes Zoll;
Ist ein Schelm zu heißen willig,
Wenn dies nicht geschieht, wie billig.
Nun gute Nacht! Das Spiel zu enden,
Begrüßt uns mit gewognen Händen!"

Die Lichter im Saal erhellen die getrübten Blicke. Das Klatschen verirrt sich in einem Lärm, der nur noch als Rauschen und Klopfen in den Ohren zu spüren ist. Und Du verbeugst dich, um keinen Augenkontakt herstellen zu müssen. Und sie klatschen noch mehr, weil du ihnen Respekt erweist, für das Glauben der Lüge. Die Lüge, auf die wir uns alle geeinigt haben, dass wir sie glauben werden. Bis der Vorhang fällt.

„Wach auf!", höre ich eine ungeduldige Stimme, die das Rauschen und Klopfen beendet. Grinsend mit seiner verrauchten Stimme zieht er mich aus der Verbeugung. „Wach auf, sonst fallen dir noch deine falschen Ohren ab."

„Der Abend ist gelaufen. Wie war mein Timing am Ende?" frage ich ihn, ohne wirkliche Neugier auf seine Antwort.

„Du spielst die Rolle zum fast hundertsten Mal und willst jetzt wissen, ob dein Timing stimmt? Auch wenn du was falsch machst mein Freund, hat sich das Publikum doch längst daran gewöhnt. Ändere jetzt bitte nichts mehr."

Auf dem Weg in die Garderobe verzichte ich gerne auf die Ratschläge des Lichttechnikers, aber ich will freundlich bleiben: „Ich frage, weil ich beständig bleiben möchte. Wenn ich heute fünf Sekunden später angefangen habe, möchte ich auch bei der Vorstellung morgen Abend etwas später beginnen. Die Menschen sollen nicht morgen nochmal kommen und einen Unterschied erkennen."

An seinem genervten Blick sehe ich, dass er keine Absicht hat, mich mit der Freundlichkeit zu ertragen, die ich ihm entgegenbringe. Mit hochgezogenen Augenbrauen unterbricht er mich: „Wie auch immer. Heute Abend ist heute Abend und morgen Abend ist eben morgen..."

In der Garderobe angekommen wird mir klar, dass ich weniger an meinem Timing, vielmehr an meiner Personalentscheidung arbeiten sollte. Meine Assistentin hat es wieder einmal verpasst, diese widerspenstige Journalistin davon abzuhalten, meine Garderobe zu betreten. Wir stehen noch in der Tür, sie steht auf und zieht den Riemen ihrer Handtasche über die Schulter, als würde sie gleich gehen wollen. Aber sie begrüßt mich, als würde sie bleiben. Ohne die Begrüßung zu erwidern, setze ich mich an den Spiegel. Der Geruch in der Garderobe ist eine ungesunde Mischung aus Gesichtspuder, Staub, alter Kleidung und einer Note Schweiß. Hier muss sie auf mich gewartet haben – Hut ab. Nein, Hut wieder auf, was fällt ihr ein? Es ist verdammt noch mal meine Garderobe, mein privater Bereich. Ganz gleich, wie er duftet oder wie er stinkt.

Im Spiegel sehe ich, wie sie meinem Freund zuhört und an ihrem schweigsamen Nicken erkenne ich das Leid, von dem ich sie erlösen sollte: „Sie schreiben also etwas über Lichttechnik? Sie finden keinen, der von seiner Arbeit mit mehr Fantasie berichten könnte."

Mit verzogener Miene schließt er die Tür hinter sich und stampft mit lauten Schritten den Flur hinauf. Die Journalistin zeigt mit ihrer Hand auf das Sofa und wartet auf eine Erlaubnis, sich setzen zu dürfen. Ich ignoriere die Bitte, da ich nicht vorhabe, mich ihren noch unklaren Absichten zu beugen. Sie lässt ihre Handtasche auf dem Sofa fallen, setzt sich und stützt ihre verschlossenen Hände auf den Knien ab.

Ich schaue sie weiter durch den Spiegel an und wische mir währenddessen mit feuchten Tüchern die Farbe vom Gesicht. Sie lächelt nur freundlich. Sie ist jung und gut erzogen – das erkennt man an ihrer Geduld. Es ist wohl an mir das Gespräch zu beginnen: „Sie sind Journalistin und schweigen. Weiß man in Ihrem Beruf denn nicht, wie man jemanden zum Reden bringt?"

„Das klappt doch mit Schweigen ganz gut, wie man sehen kann." antwortet sie mit einem höflichen Ton und einem Gefühl der Überlegenheit – ich sagte ja, gut erzogen.

Ich wechsle das Thema: „Woher kommen Sie eigentlich?"

„Aus einem Vorort, eine Stunde Autofahrt vom Stadtzentrum entfernt. Und Sie?"

„Das wüssten Sie wohl gerne. Obwohl..." Ich drehe mich zu ihr und verzichte auf den Spiegel als Mauer zwischen uns. „Vielleicht werde ich Sie dadurch für ein paar Wochen los. Ich könnte Ihnen irgendeinen Ort in diesem Land nennen und sie würden sich rasch auf den Weg machen, um dort Menschen zu befragen, ob sie sich an mich erinnern, ob ich nett war als Kind, welches Fahrrad ich fuhr..."

Sie atmet tief durch und lehnt sich auf dem Sofa zurück: „Sind das Dinge, die für Sie von Wert sind?"

Ich wende mich wieder an meinen Spiegel und werde das Gefühl nicht los, dass ich die Kontrolle über das Gespräch verloren habe: „Die Frage ist nicht, ob diese Dinge für mich von Wert sind. Das Publikum interessiert sich dafür. Und nur darum geht es doch? Die Nachfrage scheint hoch zu sein, wenn Sie bereits zum dritten Mal versuchen, in meine Garderobe zu gelangen?" Dass ich sie auf ihren Beruf reduziere, scheint sie nicht zu stören. Ganz im Gegenteil, an ihrem Blick lässt sich gut erkennen, dass sie meinen Versuchen erhaben ist.

„Sie spielen bald zum hundertsten Mal die Rolle des Pucks. Ich würde gerne die Geschichte des Schauspielers hinter den falschen Ohren und dem Puder erzählen."

„Und das soll jemand lesen wollen? Sie überschätzen die Erwartungen."

„Vor allem auf den Monolog im letzten Akt wartet das Publikum immer gespannt. Sollte man nicht genau im letzten Akt mit Ihrer Geschichte beginnen?"

„Meiner Geschichte? Wann habe ich Ihnen erlaubt, überhaupt irgend etwas über mich zu schreiben?"

Ich stehe von meinem Hocker auf und breite die Hände aus, um meiner Ablehnung einen diplomatischen Rahmen zu verleihen. „Hören Sie, ich finde es ja schön, dass Sie mit viel Eifer Ihre Ziele verfolgen, aber unsere Ansichten über die Interessen des Publikums gehen weit auseinander."

Sie steht ebenso auf und zieht ihre Handschuhe an: „Was halten Sie davon, wenn ich Sie einfach begleite?"

„Was erhoffen Sie sich davon?"

„Ja, Sie sprechen worüber Sie möchten. Ich höre zu und das, was ich aus diesem Gespräch noch festhalten kann, das können Sie vor der Veröffentlichung natürlich prüfen."

Ich senke den Kopf und reibe mir die Augen, da das Reinigungsmittel der Tücher anfängt zu brennen. „Sie verschwenden wirklich nur Ihre Zeit."

Sie lacht und zeigt mir den Weg zur Toilette: „Wir verschwenden alle unsere Zeit auf die eine oder andere Art. Ob es von Wert war, weiß man doch meistens erst am Ende."

„Woher wissen Sie, wo meine Toilette ist?" hake ich irritiert nach, während ich mich auf den Weg zum Waschbecken mache.

„Ungebetene Gäste sind oft Wiederholungstäter. Ich bin ja nicht das erste Mal hier. Nur heute hatte ich die Gelegenheit, Ihnen den Weg zu Ihrer eigenen Toilette zu zeigen."

Wie kann man nur versuchen, witzig zu bleiben, wenn man so oft auf Ablehnung stößt? Ich wasche mir die Augen mit kühlem Wasser und trockne sie mit dem Handtuch ab, an dem die blass beige Farbe des Puders über die Zeit Flecken hinterlassen hat.

„Nun gut, wir können sprechen. Ein einziges Gespräch sollte Ihnen genügen, um zu erkennen, dass es nichts Sinnvolles zu erzählen gibt." stelle ich noch einmal klar, während ich Mantel und Handschuhe aufsammle. „Sie haben vorhin von Autostunden gesprochen, sind Sie mit dem Auto hier? Ich fahre nämlich mit der Straßenbahn."

„Ja ich bin normalerweise mit dem Auto unterwegs, aber wegen der Aufführung gibt's meistens keine freien Parkplätze mehr. Deshalb bin ich heute auch mit der Straßenbahn gefahren. Zu welcher Haltestelle müssen Sie denn?"

„Ich wohne in der Nähe der alten Tabakfabrik."

„Gut, ich muss nur drei Stationen weiter. Dann können wir gemeinsam fahren."

Ich halte ihr die Tür auf, damit wir die Garderobe

verlassen können. Nicht, weil ich gute Manieren habe. Sie würde den Lichtschalter nicht finden, der sich oberhalb des Türrahmens befindet. Sie geht vor und stellt sich vor die Tür auf Zehenspitzen und schaltet das Licht aus.

Meine Sprachlosigkeit lässt sich nicht verstecken: „Was zum...?"

„Wie gesagt, ich bin ja nicht das erste Mal hier."

Sie lacht nur.

„Ja ja und jetzt hatten Sie endlich Gelegenheit, mein Licht auszuschalten."

„Nicht Ihr Licht, sondern das Ihrer Garderobe."

Jetzt wird sie auch noch makaber. Die Stimmung ist endgültig im Keller.

Über den langen, blau beleuchteten Flur gelangen wir zum Foyer des Theaters. Ich ziehe sie am Arm: „Nicht vorne. Dort werden wir nur aufgehalten." Ich beschleunige etwas und gehe ihr voraus: „Hier lang, zum Hinterausgang."

Raus aus dem Gebäude, genügt dem Putzpersonal in ihrer Raucherpause lediglich mein Kopfnicken als Begrüßung. Der Schnee, der jetzt noch vom Himmel fällt, kommt kaum noch als Schnee am Boden an. Der Winter ist vorbei, genauso wie der heutige Abend. Meine Begleitung versucht mit kleineren, aber mehreren Schritten mitzuhalten und dem verlorenen Abend noch etwas Sinnvolles abzugewinnen. Die Straßenbahn fährt in drei Minuten ab und die nächste kommt erst in einer Stunde. In unserer Eile scheinen auch die Schneeflocken schneller zu fallen.

An der Haltestelle angekommen stellen wir fest, dass wir die einzigen sind, die auf die Bahn warten. Aus der Ferne würden wir auffallen – die einzigen zwei Schatten – nach uns würden die Straßenlichter auch ihre Schicht beenden.

Die Bahn ist pünktlich und öffnet uns mit aller Herzlichkeit die Tore. Wir setzen uns gegenüber an einen Viererplatz. Sie zieht ihre Handschuhe aus und reibt sich ihre rot angelaufenen Fingerspitzen am Mantel.

„Sie tragen Handschuhe und haben jetzt rote Finger. Sie sollten sich welche kaufen, die auch warmhalten."

„Der Winter ist doch bereits vorbei. Jetzt brauch ich doch keine neuen mehr."

„Also..."

„Also?"

„Sie wollten doch beim Ende beginnen."

„Ja es wäre interessant, wie das Leben des Schauspielers weitergeht, wenn der letzte Akt vorbei ist."

„Wie das Leben weitergeht? Sehen Sie, ich fahre jetzt nachhause. Damit hat sichs auch."

„Was ist mit Familie? Ein Zuhause ist doch ein ganzes Kapitel für sich. Darüber könnte man doch erzählen."

„Meine Familie hat mit meiner Arbeit nichts zu tun. Wir sollten uns auf meine Arbeit konzentrieren."

In ihrer Tasche ist ein Klingeln nicht mehr zu überhören: „Gehen Sie doch ran."

„Das kann warten" antwortet sie etwas unruhig.

„Wir fahren noch ein ganzes Stück – Gehen Sie bitte ran."

Sie nimmt den Anruf entgegen. Scheint privat zu sein. Ich sehe aus dem Fenster. Nachts werden die Fenster der Bahn zu Spiegeln. Wenn man ganz nah seine Nase gegen die Scheibe drückt, erkennt man noch etwas in der Dunkelheit. Durch die verdoppelten Fensterscheiben sehe ich mich selbst zweimal – wo doch einmal schon zu viel gewesen wäre. Jetzt heißt es einfach nur warten und hoffen, dass sie das mit der Familie vergisst, nachdem sie zu Ende telefoniert hat. Oder sie telefoniert so lange, dass ich an meiner Station ankomme. Beides würde es für mich einfacher machen. Ich lehne mich mit dem Kopf an die kühle Fensterscheibe und lasse die sinnlosen Sätze meiner Begleiterin über mich ergehen.

Ich steige aus der Bahn, ohne mich zu verabschieden. Es schneit immer noch, aber durch die schwache Straßenbeleuchtung ist kaum Schnee erkennbar. Ich rase die Stufen im Treppenhaus hinauf in den fünften Stock. Die Stufen überspringe ich paarweise und zähle: zwei, vier, sechs, acht, zehn...

Und um jede Kurve wieder von Anfang – eine Art Selbsttäuschung, durch die man vergisst, wie viele Stockwerke man noch vor sich hat. An dem grünen Fußabtreter vor der Tür meines Nachbarn merke ich, dass ich gleich da bin. An der Tür, die mich nachhause bringt.

Ein Zuhause, welches aus zwei großen Räumen besteht. Der eine hat eine riesige Fensterfront mit Balkon und der andere nur ein einziges kleines Doppelfenster. Den Schlüssel drehe ich zweimal durchs Schloss und entledige mich meiner Schuhe, dem Mantel und den Handschuhen. In der Küche greife ich mir ein Glas Wasser, das schon bereitsteht. Wenn man alleine lebt, kann man sich auf alles besser vorbereiten. Berechenbarkeit ist das, was ein Zuhause für mich ausmacht – nur keine Überraschungen.

Ich nehme das Glas Wasser mit ins Wohnzimmer, wo es nach Staub und alten Zeitungen riecht. Aufgeräumt wird morgen – Lüften sollte ich aber. Ich öffne die Doppeltür zum Balkon und lasse den kalten Wind herein. Meine Güte, es ist eisig kalt! Ich bleibe vor der offenen Tür stehen und beobachte die weißen Eiskristalle, die noch am dunkelblauen Himmel schimmern. Durch die schwachen Straßenlichter wirkt der Himmel viel klarer mit seiner endlosen Sternendecke. Diese Ruhe in der Einsamkeit, mit wem sollte ich sie teilen? Das ist wohl eines der Dinge, die durch das Teilen zugrunde gehen.

Am Dach des Gebäudes gegenüber bewegt sich etwas. Ein Schatten, ein Umriss – wohl eine Katze, die noch herumschleicht. Je genauer ich hinsehe, desto größer wird die Silhouette. Es scheint ein Junge zu sein – was macht er da auf dem Dach, wie kommt er da überhaupt hin? Er bewegt sich langsam an den Rand des Dachs und setzt sich hin, als gäbe es nichts leichteres auf der Welt. Sein

Gesicht und seine Kleidung sind in der Dunkelheit kaum zu erkennen. Ich stelle mein Glas ab, betrete den Balkon und winke dem Jungen zu. Er reagiert nicht.

Ich winke noch einmal und siehe da – er winkt zurück. Darauf folgt ein gefühlt minutenlanger Stillstand. Keine Bewegung, keine einzige Regung von ihm zu erkennen. Mein Blick ist wie festgefroren und lässt mich nicht wegsehen. Plötzlich stellt er sich wieder aufrecht an den Rand des Dachs und gibt mir mit seiner linken Hand ein Zeichen. Er gibt mir klar zu verstehen, dass ich mich auch aufrichten soll. Aber ich stehe doch bereits, was hat er vor?

Ich stelle mich auf die Fassade meines Balkons. Es ist kein Wind, kein Leben mehr in der Luft. Alles steht still und man könnte eine Nadel hören, die vom fünften Stock unten ankommen würde. Der Junge wirkt wie eine Mücke auf mich, die ich nur aus dem Haus vertreiben wollte und jetzt imitiere ich jede seiner Bewegungen, um ihn nicht aus dem Blick zu verlieren. An seinem Schatten kann ich erkennen, wie er sich eine Art Feder an sein rechtes Ohr steckt. Er geht einen Schritt nach vorne und ich tue dasselbe und rutsche mit dem anderen Fuß am schneenassen Rand der Fassade aus und... ich falle. Vom fünften Stockwerk – ich zähle wieder – zwei, vier, sechs und stelle mir den Aufprall wie bei der Schneeflocke vor, die nicht mehr als Schnee am Boden ankommen wird.

II

WUT

Erzähl mir die Geschichte
Die vom Raum mit all den Spiegeln
Mit dem Licht, das sich verirrt
Und damit die Dunkelheit verdrängt

Die Bluse ist gebügelt, die Hose trocknet noch, die Schuhe stehen bereit, der Akku des Telefons ist geladen, alle Termine sind im Kalender eingetragen, der Notizblock hat noch... der Notizblock hat nur noch vier freie Seiten.

Die Journalistin wälzt sich früh morgens im Bett und kann nicht schlafen. Sie steht auf, um im Kalender einzutragen, dass sie einen neuen Notizblock kaufen muss. Es muss auf alle Fälle einer mit waagerechten Linien sein – nur nicht kariert. Die senkrechten Linien hindern sie nur beim Schreiben. Es gibt nichts Schlimmeres als einen karierten Block. Obwohl... es gibt sicherlich noch Schlimmeres, aber in der Welt der Notizblöcke sind karierte Seiten wie Gefängnisse, in denen Gedanken eingesperrt werden. Gedanken sollte man niemals einsperren – schlimmstenfalls festhalten. Nach einer Befragung wieder laufen lassen. Die guten Gedanken schaffen es dann in die Zeitung und schreiben Geschichte – füllen Bücher. Sie verschaffen sich somit einen Platz auf Seiten, die gar keine Linien mehr haben. Sie sind frei – für immer.

Die Polizisten, die vor zwei Wochen die Journalistin in ihrem Büro aufsuchten, hatten auch karierte Notizblöcke. Der Schauspieler hatte sich das Leben genommen. Er ist vom Balkon gesprungen. Und das sagten sie ihr, während sie sich ihre Angaben auf karierten Blöcken notierten – wie unsensibel – ein Mensch ist gestorben.

Sie war die letzte Person, mit der er noch an dem Abend gesehen wurde. Der Abend, an dem er sich dazu entschloss, seinem Leben ein Ende zu bereiten. Der Abend, auf den noch viele Abende folgen sollten, aber er beschloss, dass es für ihn der Letzte sein würde. Es sollte von allem das Letzte sein. Der letzte Auftritt, der letzte Schnee, die letzte Straßenbahn und die letzte Journalistin, die er loswerden wollte. Sie war aber nicht nur die letzte Journalistin. Sie war auch die letzte Person, mit der er sprach. Was muss man einem erwachsenen Menschen sagen, damit er anschließend eine solche Entscheidung trifft? All das, was sie zu ihm sagte, konnte auch nicht mehr dazu beitragen, ihm von seinem Vorhaben abzubringen.

„Er hat sich das Leben genommen." sagte der eine Polizist.

„Sie sagen das so einfach – Leben genommen." erwidert die Journalistin mit leiser Stimme. Sie fragt sich, warum ausgerechnet an dem einen Abend, an dem sie ihm begegnet ist. Es gab so viele Abende davor, so viele andere Gelegenheiten – warum ausgerechnet an diesem, an dem sie ihn kennenlernte.

„Haben Sie Notizen von ihrem Gespräch gemacht?" fragt der Polizist.

„Ja, aber nur oberflächliche Stichpunkte. Die werden Ihnen nicht weiterhelfen." antwortet sie und holt ihren Notizblock hervor. Der Polizist setzt sich, stöbert in den Seiten und dreht den Block in ihre Richtung: „Sind das die Notizen?"

„Ja. Sie sehen ja, nichts Brauchbares."

„Eher nichts Lesbares." kommentiert der Polizist mit einem selbstgefälligen Grinsen und bittet gleich um Hilfe: „Wären Sie bitte so freundlich und könnten mir die Notizen kurz vorlesen?"

Sie liest ihm Zeile für Zeile vor und beobachtet ihn dabei, wie er ihre Worte in die Kästchen seiner Seiten einsperrt. Ein unerträglicher Anblick!

Das war vor zwei Wochen und heute geht es ihr nicht besser. Zu Beginn war es ein bedrückendes trauriges Gefühl, das sie begleitete. Warum hat er das nur getan? Warum in dieser einen Nacht? Hatte sie Fragen gestellt, die ihn dazu verleiteten, sein Leben zu hinterfragen? Nichts scheint so schlimm zu sein, wie Zweifel, die gesät werden. Und die Zweifel in ihrem Kopf wurden gesät. Gesät durch einen Akt der Gnadenlosigkeit. Wenn Menschen sprechen, wandert das Gesprochene als Schall durch die Luft und kommt beim Gegenüber in etwas veränderter Form an. Man hat immer Spielraum für Interpretation, Erklärung und subjektiver Deutung. Auch ein Bumerang, den man wirft, kommt nie wieder als derselbe zurück. Wenn jemand aber vom Balkon springt, dann ist zwar Spielraum für Interpretation und Erklärung, aber die Deutungshoheit hat sich Derjenige vorbehalten.

Wie ein Pfeil, der sich durch die Energie einer Bogensehne angetrieben, versucht sein Ziel zu erreichen. Vom fünften Stock ist er gesprungen, berichteten die Beamten. Fünf, Vier, Drei, Zwei, Eins – der Pfeil konnte es sich nach keinem der Stockwerke nochmal überlegen, ob er nicht doch gerne ein Bumerang gewesen wäre. Der Pfeil war nicht schuld, es war derjenige, der den Bogen hielt. Die Welt, in der wir leben, lehrt uns, dass wir der Pfeil sind, aber nicht der Bogenschütze, wenn es um die Entscheidung über unseren Tod geht. Jemand, der sich nicht daranhält, bestimmt somit das Ziel und ist eben auch derjenige, der die Sehne spannt. Ein Zweifel, der gesät wurde ist schlimm – eine Entscheidung, die gefällt wurde, viel schlimmer.

Sie hat nicht weiter vor, nächtelang schlaflos im Bett zu liegen und das Gespräch mit dem Verstorbenen Wort für Wort durchzugehen, um eine Stelle zu finden, an der man Anzeichen seines Vorhabens hätte erkennen können. Die Ablenkung, über die Bluse, die Hose, die Termine nachzudenken, funktioniert auch nicht immer.

Sie hat sich heute dazu entschlossen, sich auf den Weg zu machen und mit jemanden darüber zu sprechen. „Sprich mit jemandem darüber" sagte man ihr oft genug. Nur jeder, der ihr diesen Ratschlag nahelegte, wollte nicht, dass sie mit ihm darüber spricht. Sie empfehlen in der Regel einen Therapeuten. Der würde ihr aber nur Fragen stellen, sie sucht Antworten.

Sie beschließt, die Brotkrümel aufzusammeln und steigt in die Straßenbahn. Dieselbe Linie, mit der sie in der Nacht nachhause fuhr, drei Stationen weiter als die

Haltestelle, wo er ausgestiegen war. Sie fährt weiter zu dem Gebäude, dessen großer Haupteingang durch antike blaue Säulen gehalten wird. Es ist Kunst, weil man es nicht erklären will. Und die Erklärung, die der Künstler geben würde, genügt, da sie von ihm persönlich kommt. Soll das mal einer begreifen.

Sie beschließt, nicht den Haupteingang des Theaters zu nutzen, sondern wie an dem Tag, den Hintereingang. Vorbei an einer Menge Putzpersonal macht sie sich auf den Weg in die Garderobe, von der sie sicher sein kann, dass diese nicht mehr besetzt sei.

Sie öffnet die Tür und sieht, wie sein Freund, der Lichttechniker mit einem kleinen Handtuch über seinen Augen auf dem Sofa liegt. Er bemerkt sie und setzt sich langsam, aber wieder aufrecht hin.

∞ ∞ ∞

Nicht einmal ein kleines Handtuch kann einem die Ruhe verschaffen, die man sich erhofft, denke ich mir, als die Tür aufgeht. Ein Handtuch, dessen einzige Aufgabe im Universum darin besteht, Feuchtigkeit aufzusaugen. Sie aufzusaugen und dann solange bei sich zu behalten, bis die Sonne sie ihrer Verantwortung entledigt. Ein Handtuch und die Sonne, eine Beziehung von überdimensionaler Ungleichheit und dennoch funktioniert sie frühestens seitdem es Handtücher gibt. Doch meine Beziehung mit dem Handtuch gerät ins Stocken, vor allem dann, wenn man etwas Ruhe haben will. Erwartungen waren schon immer das Problem in einer Beziehung – vor allem die Erwartungen, die unausgesprochen bleiben und man sich dennoch wünscht, dass sie erfüllt werden.

Was will sie hier? Weiß sie nicht von seinem Sprung vom Balkon? Doch sie weiß es! Man sieht es an ihrem Blick. Niemand kann im selben Atemzug überrascht über meine Anwesenheit in der Garderobe eines Verstorbenen und zugleich erleichtert sein.

Während ich mein Handtuch falte, versuche ich höflicher zu sein als mein Freund, der nicht mehr unter uns weilt und biete ihr den Hocker an: „Kommen Sie. Setzen Sie sich ruhig. Da hat er doch gesessen, als sie ihn das letzte Mal trafen."

„Ja, das war der Hocker", erinnert sie sich und setzt sich vor den Spiegel, dessen mit Glühbirnen verzierter Rahmen offenbar nicht mehr genutzt wird.

„Wie fühlt sich das an?" frage ich sie.

Sie reagiert verwundert, aber hat ihr Ohr schon an der Tür angelegt, hinter der sich die Antwort verbirgt: „Wie fühlt sich was an?"

Ich öffne die Tür: „Da zu sitzen, wo er saß. In den Spiegel zu sehen, durch den er Sie ansah. Wir beide sind nun hier, wegen ihm. Er hat sich in Luft aufgelöst, aber ist nun der Anlass, warum wir beide hier sitzen. Wie fühlt sich das an?"

„Warum glauben Sie, hat er das getan?" Kommt sie gleich zur Sache in der Hoffnung, dass mir die Antwort leichter fallen könnte.

Ich versuche vom wesentlichen Punkt abzulenken. Das Beste was man bei Ahnungslosigkeit tun kann: „Warum? Wussten Sie, dass er noch in Ruhe ein Glas Wasser getrunken hat, bevor er gesprungen ist?"

Ich zünde mir eine Zigarette an. Die Gestik, die mit dem Rauchen einhergeht, schenkt einem das Gefühl der Unnahbarkeit: „Er wollte noch sein Timing verbessern oder sich zumindest an seine Verspätungen halten. Für einen Perfektionisten wirkt der Sprung vom Balkon schon sehr einfallslos."

Sie versucht Verständnis zu zeigen: „Ich verstehe, dass Sie das wütend macht."

„Wütend? Ich war immer wütend auf ihn. Das war der Grund, warum wir Freunde waren."

„Der Grund?"

„Wir lernten uns in einem wütenden Alter kennen, vor fast einem Jahrzehnt. Wir waren auf die gleichen Menschen wütend, aus denselben Gründen."

„Ich wusste nicht, dass sie sich schon so lange kannten."

„Jetzt frage ich mich, ob ich ihn wirklich kannte. Wut war immer unsere Ausrede für alles. Dafür, etwas zu tun, aber auch dafür, etwas nicht zu tun."

„Sie sind auch am gleichen Ort gelandet – im Theater."

„Ich frage mich..." Ich versinke in Gedanken und sehe in Richtung Spiegel. „Ich frage mich, welche Wut ihn dazu getrieben hat, vom Balkon zu springen und ob ich ihn mit meiner Wut, davon hätte abbringen können."

Ich bilde mit dem Rauch eine Wolke im Raum und puste sie gleich wieder weg: „Wissen Sie."

„Ja?"

„Die ganze Sache hat auch was Gutes."

„Was Gutes?"

„Es war mir immer verboten, in seiner Garderobe zu rauchen. Aber jetzt..." Ich senke den Kopf und schlucke tief „...wenn er vorher ein Glas Wasser trinken kann, kann ich auch in seiner Garderobe rauchen."

Mit der Frage „Hat er Familie?" versucht sie wieder Struktur ins Gespräch zu bringen.

Ich reagiere mit meinem üblichen Zynismus: „Familie? Wer hat denn bitte keine Familie? Das gehört doch zu den Dingen, die man sich nicht aussucht."

„Hat er je von seiner Familie gesprochen oder kennen Sie von seiner Familie jemanden, mit dem ich sprechen könnte?"

„Warum? Schreiben Sie etwas über ihn? Denken Sie sich doch was aus – seine Erlaubnis brauchen sie ja nicht mehr."

„Nein, darum geht es nicht."

„Was plagt Sie dann? Er war ein Mann, der mehr Fragen stellte, als er Antworten hören wollte. Sie können reden, mit wem sie wollen, sie werden keine Antworten finden."

„Wie auch immer... kennen sie jemanden aus seiner Familie?"

Ich rauche noch aus und drücke die Zigarette in einer Einkerbung der Tischplatte aus: „Drei Straßen südlich von hier legt seine Assistentin täglich Essen vor eine Haustür.“

„Eine Haustür?“

„Ja, sie legt das warme Essen in einer Tüte verpackt auf den Fußabtreter und die alte Dame holt sich das Essen dann.“

„Alte Dame?“

„Seine Mutter. Sie hat eine Wohnung hier in der Stadt.“

„Sind Sie ihr schon mal begegnet?“

„Nein, aber aufgrund von Erzählungen vermute ich, dass Sie mit Sicherheit keine einfache Frau ist. Sie ist alt und lebt alleine in ihrer Wohnung. Ich gebe Ihnen die Adresse, versuchen Sie ruhig Ihr Glück.“

„Das könnte helfen. Danke.“

Sie holt ihren Notizblock und einen leicht stumpfen, kurzen Bleistift aus der Handtasche und hält mir beides fordernd hin.

Ich merke noch an, während ich die Adresse notiere: „Aber ich warne Sie, Sie vergeuden nur Ihre Zeit.“

„Ja, Sie und Ihr Freund... Immer macht man sich Sorgen, dass man seine Zeit verschwendet. Was haben Sie denn so Wichtiges vor mit Ihrer Zeit? In der Garderobe eines Verstorbenen liegen und Zigaretten rauchen?“

Sie steckt den Block und den Stift wieder in die Tasche und steht vom Hocker auf.

Mit einem Grinsen versuche ich noch das letzte Wort zu haben: „Vergessen Sie nicht. Er hat sich dazu entschlossen, zu sterben. Während andere in Unentschlossenheit weiterleben. Sie müssen sich selbst die richtigen Fragen stellen – zumindest Fragen, auf die es eine Aussicht auf Antworten gibt."

„Danke für Ihre Hilfe. Sollte ich Antworten finden, werde ich diese auf alle Fälle mit Ihnen teilen", nimmt sie meinen Ratschlag höflich an und verlässt die Garderobe.

Im dunklen Flur hört sie noch, wie ich im Türrahmen stehe und mir die nächste Zigarette anzünde. Ohne zurückzublicken ruft sie etwas lauter: „Sie sollten Ihre wertvolle Zeit mal dafür nutzen, die defekten Lampen hier zu reparieren."

„Lampe!" stelle ich richtig.

Sie bleibt stehen und dreht sich irritiert um: „Wie bitte?"

„Es ist nur eine einzige Lampe im ganzen Flur."

„Eine einzige für den ganzen langen Flur?" will sie wissen.

Ich halte mein brennendes Feuerzeug über den Kopf: „Na sehen sie doch hin. Es ist eine einzige blaue Glühbirne. Oberhalb der Wände sind im ganzen Flur kleine Spiegel in Winkeln angebracht."

„Tatsächlich..." wundert sie sich, während sie die Wände hinaufblickt.

„Das war seine Idee. Viel Erfolg bei der Suche nach Antworten."

∞ ∞ ∞

Zigaretten, Lampe, Spiegel, Essen, Haustür, Mutter. Auf dem Weg über den Haupteingang des Theaters hinaus, versucht sie, die Eindrücke zu sammeln, indem sie die Begriffe im Kopf wiederholt. Vielleicht ist es ihr dadurch möglich, den Eindrücken Gefühle abzugewinnen. Gefühle, die es schaffen, die Begriffe anders zu ordnen und einen neuen Weg zu ebnen. Den Weg in den Verstand eines Menschen, den sie nur oberflächlich kannte. Ein Mensch, mit dem sie nicht verwandt war, aber den sie sich in der jetzigen Situation auch nicht ausgesucht hatte. Der Pfeil hatte den Bogen verlassen und sie genauso getroffen, wie mit Sicherheit auch viele andere Personen. Wie seine Mutter, die bald kein Essen mehr vor der Haustür vorfinden würde.

Sie selbst ist nur ein Kollateralschaden, denkt sich die Journalistin. Der Schaden würde mit der Zeit verblassen, aber das unerklärliche Kollaterale – auf das könnte sie gut verzichten. Die Gewissensbisse wurden nach dem Gespräch mit dem Lichttechniker nicht weniger schmerzhaft. Ganz im Gegenteil. Das Gewissen hatte nun mehr Zähne als vorher. Die Zähne wurden kleiner und feiner, je mehr sie über den Schauspieler erfuhr. Dem Menschen, den sie zuletzt traf, als Wasser noch in Form von Schnee lautlos vom Himmel fiel. Jetzt hatte er sich zu einem lauten prasselnden Regen verwandelt.

III

VERLUST

Der Mond, den du suchst am Tage
Und die Sonne in den einsamen Nächten
Sie haben dich nie verlassen
Und doch bist du allein

Jeden Morgen stehen sie auf, waschen sich und erhalten vom Spiegel im Bad ein Gefühl dafür, wie ihr Tag verlaufen wird. Alle versuchen es zu verheimlichen, wie müde sie sind. Sie möchten zeigen, wie tüchtig sie sind, wieviel sie arbeiten, aber niemand will zeigen, wie müde er ist. Müdigkeit ist ein Zeichen für Schwäche in einem Wettstreit, bei dem es nur darum geht, wer wieviel schaffen kann. Darum, wie wenig man essen muss und auch, wieviel Last man auf den Schultern aushalten kann.

Es geht um die Steigerung des Leids, das man ertragen kann. Das ist die Bedeutung von Stärke in unserer Welt. Und um stärker zu werden, steigern wir unser Leid von Tag zu Tag, bis der Ballon platzt. Wachstum, Fortschritt, Entwicklung sind alles nur Ausreden, damit nicht nur wir selbst, sondern auch alle anderen sich ins gleiche Leid stürzen.

Wenn der Akku des Telefons leer ist, schneidet sie das von der Welt ab. Wenn aber die Akkus aller Telefone auf der Welt zur gleichen Zeit leer sind, wäre es kein Fehler mehr. Es ist nur dann ein Problem, wenn der eine Boxer im Ring fair kämpfen darf und dem anderen die Augen verbunden sind.

Vertieft in Gedanken beobachtet die Journalistin die Menschen, die sie auf dem Weg zu ihrem nächsten Ziel, an den Haltestellen warten sieht. Sie muss auf ihre Weise zwischen diesen Zahnrädern funktionieren. Nur das klappt leider nicht mehr so gut. Seit dem Vorfall mit dem Schauspieler kann sie nicht einfach weitermachen wie bisher. Und bevor sie das ganze System ins Stocken bringt, hat sie sich Urlaub genommen.

Sie hat diesen Beruf gewählt, weil ihr die Recherche Freude bereitet. Sie bringt ihre Erkenntnisse gerne selbst zu Papier, da sie bei anderen die Sorge hat, dass sie nicht alle Details gefühlsgetreu übermitteln könnten. Viele machen den Fehler und stellen zum Beginn einer Ermittlung nur eine einzige Frage. Sobald sie die Antwort gefunden haben, arbeiten sie nur damit weiter. Nur eine Tür wird geöffnet, die anderen bleiben verschlossen. Am Anfang einer guten Recherche müssen immer mehrere verschiedene Fragen gestellt werden, deren Antworten am Ende ein sinnvolles Gesamtbild ergeben. Es erfüllt die Journalistin, viele Türen gleichzeitig zu öffnen, da jeder Mensch, dem man begegnet und Fragen stellt, eigene Antworten zu demselben Elefanten im Raum hat. Erst diese verschiedenen Ansichten geben dem Elefanten eine Dimension, in der er vollständig zu erfassen ist. Und um Vollständigkeit geht es ihr, denn der Elefant im Raum schweigt und jetzt ist sie gezwungen, alle Türen des Raums zu öffnen, um jemanden zu finden, der ihr erklären kann, was sich hinter dem Schweigen verbirgt.

Das Schweigen hat meistens mehr Ursachen als das Sprechen. Und es ist unerträglicher, da es seine Motive niemals offenbart. Schweigsamkeit hat dieselbe ausdrucksstarke Kraft wie die Standhaftigkeit, da sie Gleichgültigkeit ausstrahlt, ganz gleich, wie sich der Raum verändert. Wie ein Mönch steht er da, der Elefant und starrt sie an. Und heute wird die erste Tür geöffnet, zu dem der Lichttechniker ihr den Schlüssel in die Hand gedrückt hat.

Sie steigt an der Station des Städtischen Zoos aus. Von hier aus sind es noch etwa zehn Minuten zu gehen bis zu der Adresse, die sie sich aufgeschrieben hatte. Sie läuft an weißen, dann roten, dann gelben Reihenhäusern vorbei. Die Gegend wirkt wie aus einer Miniaturwelt entstanden. Bemalt mit all den Farben, die bei den Menschen auch früh am Morgen keine Hektik zulassen. Es sind viele ältere Menschen, die hier spazieren gehen. Aber niemand bleibt stehen und unterhält sich mit dem anderen. Jeder hat sein Ziel, sein Vorhaben, eine Vorstellung davon, wie der heutige Tag sein soll.

Vorbei an einem kleinen Park biegt die Journalistin rechts ab, überquert die Straße ohne Ampeln, um zu ihrem Ziel, dem dreistöckigen Haus zu gelangen. Ein Dutzend kleine Stufen führen zum Eingang, der Eingang zum Treppenhaus, wo eine ganze Garde an Briefkästen auf sie wartet. Sie sucht dort nach dem Nachnamen des Schauspielers. Ohne Erfolg. Aus ihrer Manteltasche zieht sie den Zettel, auf dem auch der Name der Dame steht. Sie heißt anders als ihr Sohn, stellt die Journalistin fest.

Sie überspringt die Briefkästen und entscheidet sich, die Treppe zu nehmen. Ihre Schritte werden begleitet durch das knarrende Geräusch der hölzernen Stufen.

Im zweiten Stock erkennt sie den Nachnamen an einem Türschild wieder. Er steht auf einer kleinen Metallfläche in ornamentaler Form und ist mit zwei Nägeln an der Haustür befestigt. Bei soviel Geschmack hätte man noch einen Kranz anbringen können, denkt sich die Journalistin.

Sie stellt sich auf den Fußabtreter, auf dem noch kein warmes Essen abgelegt wurde und klingelt. Keine Reaktion ist zu hören, weder Schritte, noch Stimmen. Nach einer kurzen Pause klingelt sie noch einmal. Wieder kein Laut zu vermelden. Die Mutter scheint nicht zuhause zu sein, vermutet der wieder einmal ungebetene Gast.

Ein paar Minuten wartet Sie im Treppenhaus, bis die anderen Bewohner des Gebäudes anfangen, sie zu grüßen und irgendwann auch irritiert anzusehen, da sie nicht hierhergehörte. Bevor die Journalistin noch erklären muss, warum sie hier ist, läuft sie wieder auf die Straße hinaus und beschließt, sich auf die weiße Bank gegenüber im Park zu setzen. So kann sie es nicht verpassen, wenn die Dame nachhause kommt.

Wartend lehnt sie ihren Kopf zurück und sieht nach oben in Richtung Himmel. Das Licht, das sich einen Weg durch die Baumkronen bahnt, erzeugt ein wohltuendes Flimmern. Ein Flimmern, das man im Rot der geschlossenen Augenlider noch sehen kann. Es existiert keine Dunkelheit, auch nicht, wenn man die Augen schließt, stellt sie fest. Es gibt nur Orte, wo das Licht hingelangt und es gibt Orte, wo es noch nicht angekommen ist. Da heißt es nur, Geduld haben.

In der Wärme des flimmernden Sonnenlichts ist das Vogelgezwitscher sehr deutlich zu hören. Mit geschlossenen Augen hört man viel besser, da sich unser Kopf auf die Sinne verlässt, auf die er zurückgreifen kann. Ein Mechanismus, der uns beibringen sollte, was wahre Stärke bedeutet. Nicht der Wettlauf darum, wer mehr Leid ertragen kann, sondern wer seine Sinne schärfen kann, indem er sich im richtigen Moment auf die Richtigen verlässt.

In das Gezwitscher mischt sich allmählich das leise Bellen eines Hundes. Das Bellen wird von Sekunde zu Sekunde lauter und zwingt sie dazu, ihren Kopf wieder zu senken und die Augen zu öffnen. Aus der Unschärfe nähert sich ein älterer Herr mit einem kleinen weißen Hund. Klein? Eher winzig. Er hüpft auf die Bank, setzt seine beiden vorderen Pfoten voraus und streckt seinen winzig kleinen Rücken. Sein Besitzer kündigt ein Gespräch an: „Morgensport würde uns allen gut tun. Sie sind aber nicht sportlich gekleidet." Er lächelt freundlich und setzt sich, während er um Erlaubnis bittet, sich setzen zu dürfen, neben der Journalistin auf die Bank.

„Zu welcher Rasse gehört er eigentlich? Er ist ja wirklich klein und diese Knopfaugen..." Sie streichelt dem Hund über sein weißes Fell, was ihm offenbar gefällt.

„Wir Menschen nennen sie Malteser. Aber diese Namen haben für die Hunde selbst ja keine Bedeutung." erzählt der nette Herr, während er eine Papiertüte, gefüllt mit kleinen Fleischstückchen aus der Jacke zaubert.

„Die Menschen geben jedem und allem Namen, damit man über sie sprechen kann, ohne etwas zu verwechseln."

„Und wenn jemand die Namen nicht kennt oder etwas verwechselt, ist er uns fremd, obwohl der Fremde vielleicht andere Namen kennt, die sie selbst nicht kennen würden", ergänzt die Journalistin.

Er lacht: „Sie haben den Dreh raus, was Menschen angeht."

„Ja, wir versuchen uns immer alles zu erleichtern. Ist doch verständlich."

„Natürlich! Aber warum ist es eine Erleichterung für den einen, wenn es einem anderen etwas erschwert?", sagt er mit seinen weisen Gesichtszügen.

Während der kleine Malteser ihm die Fleischstückchen aus der Hand frisst, eröffnet der Mann: „Naja, mein kleiner Freund und ich begegnen Ihnen zum ersten Mal, aber wir werden es uns nicht erlauben, Sie als fremd zu bezeichnen."

„Ja, ich war noch nie in dieser Gegend. Das ist richtig. Ich besuche eine ältere Dame. Sie wohnt im Haus da vorne."

„Bringen Sie ihr heute das Essen? Das macht doch eigentlich jemand anderes."

„Ja. Ich meine Nein. Ich bringe nicht das Essen."

Er lässt nicht locker und zieht eine fragende Miene.

„Hmm... es gab einen Sterbefall in ihrer Familie. Darüber möchte ich mit ihr sprechen", erklärt sie ihm.

„Bei einer Dame, die ohnehin nie lächelt, wird das wohl keinen Unterschied machen. Sie hat ihnen die Tür nicht geöffnet, richtig?"

„Ja, ich habe zweimal geklingelt, aber sie ist wohl nicht zuhause."

„Oh doch, sie ist zuhause, aber die Klingel wird ihnen nicht weiterhelfen."

„Wie sollte ich dann vorgehen?"

Er sieht sie zum ersten Mal direkt an: „Sie sind die erste Person in diesem Park, die mich im Gespräch nicht nach meinem Namen gefragt hat. Das macht sie für mich einzigartig."

„Das sollte nicht unhöflich gemeint sein."

Er antwortet mit einem zuversichtlichen Lächeln: „Und was ich sage, meine ich auch so. Sie sind besonders. Ich verrate Ihnen mal was. Sie sollten wieder vor ihre Haustür gehen und richtig laut mit der Faust gegen die Tür klopfen und dann auf dem Holzboden mit den Füßen stampfen."

„Was? Das werde ich ganz bestimmt nicht tun!"

„Das ist das Privileg eines Menschen ohne Namen. Als Fremde können Sie sich viel mehr erlauben. Genießen Sie es."

Sie wird neugierig: „Aber inwiefern würde mir das dabei helfen, dass sie die Tür öffnet?"

„Es gibt nur zwei Gelegenheiten, bei denen sie die Tür öffnet. Einmal, wenn sie Essen unter der Türschwelle riecht und das andere Mal, wenn die Nachbarskinder sie ärgern wollen."

„Dann wäre es doch einfacher, wenn ich Essen hinlege, als den Hausfrieden zu stören?"

„Wissen Sie, was die alte Frau gerne isst?"

Der Gesichtsausdruck der Journalistin genügt als Antwort.

„Dachte ich mir. Also bleibt Ihnen nur noch die zweite Option. Versuchen Sie es, was haben Sie schon zu verlieren?"

Während er sich an der Bank gestützt aufrichtet, hüpft sein Hund ohne Anlauf und umkreist ihn mit einem ungeduldigen Bellen. „Wir machen uns dann mal auf den Weg. Bis bald, vielleicht begegnen wir uns im Verlauf der Geschichte ja noch einmal."

Die Journalistin steht ebenso auf und fragt: „Geschichte? Wie heißen Sie überhaupt, wenn ich fragen darf?"

„Wir würden uns auch ohne Namen wiedererkennen. Da bin ich sicher", beruhigt er sie und geht mit langsamen Schritten Richtung Hauptstraße.

Sie erkennt aus der Ferne nur noch, wie er immer wieder seine Hand aufhält und der Malteser ihm das Futter mit einem Hüpfer aus der Hand schnappt. Ein wundervoller Anblick. Alles in bedingungslosem Einklang. Ganz gleich ob Tier oder Mensch, wenn man seine Sinne auf die Bedürfnisse des anderen einstellt, entsteht Liebe.

Wieder vor der Wohnungstür sieht die Journalistin mit prüfendem Blick nach links und rechts, um sicherzustellen, dass sich niemand mehr im Treppenhaus aufhält. Sie entscheidet sich, das Risiko einzugehen, etwas unhöflich zu sein. Ein unfreundlicher Ratschlag, der von einer freundlichen Person kommt, kann im Grunde gar nicht so unfreundlich sein, wie er sich zunächst anhört. In der Situation, in der sie sich nun befindet, kann man mit vernünftigen Lösungen nicht mehr vorankommen, denkt sie sich, als sie mit dem ersten Klopfkonzert beginnt. Es geschieht wieder nichts – verdammt! Ihr fällt ein, dass sie das Fußstampfen vergessen hatte. Sie klopft erneut, zählt bis drei und stampft laut mit den Füßen auf dem Holzboden des Treppenhauses.

Na endlich! Es tut sich was. Sie hört Schritte in der Wohnung. Die Tür geht ruckartig auf und eine alte Dame mit lockigem grauem Haar steht vor ihr. Sie trägt einen beigen Wollpullover, eine dunkelblaue Jeans und Hausschuhe aus braunem Leder.

∞ ∞ ∞

Es riecht nach Staub. Es stinkt nach Staub. Obwohl... dem Staub interessiert es wohl kaum, wie man ihn empfindet. Erst gestern habe ich in der ganzen Wohnung jeden Millimeter abgewischt und heute ist es wieder der Staub. Wozu macht man überhaupt noch sauber? Jede glatte und saubere Oberfläche ist wie eine Einladung für den Staub, der erst sichtbar wird, wenn die Sonne ihn berührt. Was für ein Leben muss das sein? Zu existieren und den ganzen Tag und die ganze Nacht in der Luft zu verharren – bis mal jemand eine Holzfläche mit einem nassen Tuch abwischt. Und schon riecht er es, dieser Staub! Dann schaukelt er durch die Luft und setzt sich majestätisch auf die noch saubere Kommode. Und seine ganze Gefolgschaft macht es ihm nach. Und jeden Tag riecht und stinkt es dann nach Staub. Man müsste alle Fenster und Türen komplett verdichten und abschließen, um diese ungebetenen Gäste auszurotten. Es besteht nur das Risiko, dass man selbst stirbt, bevor sie sterben. Also muss ich aus Angst vor dem Tod nun mit diesem Staub leben.

Jetzt klopfen diese verzogenen Nachbarsjungen wieder an meiner Tür. Klopfen? Das ist eher ein Hämmern, die reinste Folter. Immer wenn sie Hämmern, wirbelt es den Staub durch die Luft und er flieht auf alle sauberen Flächen. Wenn es klingelt, ist es in der Regel der Postbote, der kann aber die Post im Briefkasten einwerfen oder das Paket vor die Tür legen. Was habe ich davon, jemandem die Tür zu öffnen? Ein unnötiges Gespräch? Ein verschwendeter Moment?

Wenn es die Kleine ist, die immer das Essen vorbeibringt... Sie klingelt immer erst, nachdem sie das Essen abgelegt hat und wieder einen Abgang machen will. Essen habe ich heute noch nicht gerochen und für den Postboten ist es noch zu früh. Und jetzt hämmern diese Bengel mir die Tür ein. Dieses Mal erwische ich sie!

Jetzt steht diese Fremde vor der Tür. Ich spüre, wie sich der Staub hinter mir versteckt und neugierig wissen will, wem ich die Tür geöffnet habe.

„Wer zur Hölle sind Sie?" frage ich die Fremde.

Die Journalistin versucht zu antworten: „Entschuldigen Sie..."

„Nein. Wer zur Hölle sind Sie?"

„Das wollte ich Ihnen doch gerade erklären..."

„Nein. Ich kenne Sie nicht. Und wenn, würde ich so ein Gesicht mit Sicherheit nicht vergessen."

„Wie?"

Ich zeige auf den Namen auf dem Metallschild an meiner Wohnungstür: „Sehen Sie das? Das bin ich!"

„Ja?"

„Und jetzt nochmal für die ganz Schlauen. Wer sind Sie?"

Die fremde Besucherin versucht es nicht weiter und geht ein paar Schritte zurück, als würde sie wieder gehen wollen. Ich gehe wieder in meine Wohnung und merke erst nach ein paar Metern, dass ich die Tür offengelassen habe.

Sie folgt mir einfach, steht jetzt in meinem Wohnzimmer und bittet um Erlaubnis: „Ich werde versuchen, nicht allzu viel Ihrer Zeit in Anspruch zu nehmen, aber dürfte ich mich vielleicht hier auf diesen Stuhl setzen?"

Ich blicke aus dem Fenster und hoffe, dass sie sich kurzfasst und sich das Gespräch im Stehen abschließen lässt.

Sie setzt sich und erklärt: „Ich arbeite für die

Wochenzeitung. Ich hatte mehrmals versucht, Ihren Sohn zu überzeugen, mit mir an einem Artikel über ihn zu arbeiten. An dem Abend, an dem er... Sie wissen schon. An dem einen Abend hatte ich dann die Gelegenheit, mit ihm zu sprechen."

Ich drehe mich nach links und bleibe vor der Kommode stehen, auf dem eine Menge Bilderrahmen stehen. Ich mustere sie, ohne die Bilder anzufassen. Nach einem kurzen Moment nehme ich einen Rahmen von der Kommode und halte ihn ihr vors Gesicht.

Sie nimmt den Bilderrahmen entgegen, auf dem ein Junge im Grundschulalter zu sehen ist, der sich als Pirat verkleidet hat, aber glücklich wirkt er auf sie nicht.

„Ist das Ihr Sohn?", fragt sie mich.

„Nein, das ist das Hobby einer alten Frau. Bilder von fremden Kindern sammeln. Schreiben Sie mal was darüber, Frau Reporterin."

„Journalistin..."

„Eine Kolumne vielleicht?" grinse ich mit großen Augen, als hätte ich den Einfall des Jahrhunderts.

„Hat er Sie oft besucht?"

„Ich lebe hier allein und brauche niemanden."

„Aber er hat Ihnen doch täglich Essen zukommen lassen."

„Bei Ihren Fragen vergeht einem doch glatt der Appetit!"

Wieder große Augen. Sie muss sich denken, was mir wohl durch den Kopf geht, wenn ich so schaue?

„Entschuldigen Sie bitte...“

„Keine Ursache, ich bin nicht nachtragend und vergebe Ihnen... fürs Erste. Sonst noch was Frau Wasauchimmer?“

„Dieses Bild...“

„Ja, das ist mein Sohn.“

„Aber er sieht nicht gerade glücklich aus auf dem Bild.“

„Glücklich? Wie könnte ein Kind denn anders sein als glücklich? In dem Alter hat man noch gar keine richtigen Sorgen.“

„Ich meinte nur, bei diesem Bild...“

Ich reiße ihr den Bilderrahmen wieder aus der Hand: „Ja, er wollte sich eigentlich als etwas anderes verkleiden an dem Tag. Aber es war mein Geburtstag, also habe ich entschieden, dass er sich als Pirat verkleiden soll.“

„Ich stelle fest, Sie antworten endlich mal auf meine Fragen.“

„Bilden Sie sich auf Ihren Funken Intelligenz nichts ein. Jeder hat mal Glück.“

„Ich frage mal etwas vorsichtiger.“

„Das würde ich Ihnen auch raten.“

„Ihr Sohn ist ja Schauspieler und er hat sich vor wenigen Wochen...“

„Was hat wer?“ unterbreche ich sie.

„Na Ihr Sohn.“

„Wie hieß er?“

„Was? Er...“

Ich klopfe mit einer kleinen, harmlos aussehenden Faust auf den hölzernen Arm meines Sessels: „Ja nennen sie mir seinen Namen. Sprechen Sie ihn aus. Buchstabe für Buchstabe. Na los! Buchstabieren Sie ihn. Seinen verfluchten Namen!"

„Dürfte ich bitte... kurz ausreden?"

„Diese gottlosen Künstler. Den Namen müssen sie immer als erstes ändern. Einen Künstlernamen brauchen die. Ein Künstlername, dass ich nicht lache! Den Namen ändern, ist doch keine Kunst."

„Ist das denn so schlimm?"

„Schlimm? Wer seinen Namen ändert, verleugnet sich selbst! Man kann nicht bestimmen, wo man geboren wird, aber wenn man was aus seinem Leben macht, sollte man klug genug sein, seinen Namen zu behalten. Die Leute sollen doch wissen, wer er war, damit sie erkennen können, was er aus sich gemacht hat."

„Ok!"

„Was ok?"

„In Ordnung. Ich verstehe ja."

„Sie verstehen gar nichts."

Sie hakt nochmal nach: „Warum denken Sie, hat er seinen Namen denn geändert? Vielleicht hatte er andere Gründe?"

„Er wollte mich loswerden. Sich loslösen von seiner Mutter. Dieser undankbare..."

Mein lautes Brüllen hat mir nun einen Husten beschert. Womöglich habe ich zu viel Staub eingeatmet. Sie bietet ihre Hilfe an. Ich zeige in Richtung Flur, zur Küche. Mit einem Glas Wasser lässt sich der Husten beruhigen.

Ihr ist aufgefallen, dass mein Ton nach dem Husten ruhiger geworden ist: „Sagen Sie, haben Sie Kinder?"

„Nein."

„Dann können Sie das nicht wissen."

Ich setze mich wieder auf meinen Sessel: „Eine Mutter hat ihren Platz, genauso wie ein Vater. Wenn die Mutter aber auch den Platz des Vaters einnehmen muss…"

„Was ist mit seinem Vater?"

„Krebs. Bauchspeicheldrüse. Mein Sohn war sieben damals."

Ich verschließe meine Hände, lege sie auf meinen Schoß und schaukle leicht vor und zurück. „Ich weiß es noch ganz genau. Ich durfte ihn immer nur allein im Krankenhaus besuchen. Unser Sohn durfte mich nicht begleiten. Mein Mann hatte klare Vorstellungen darüber, wie er als Vater gesehen werden möchte."

„Was haben Sie Ihrem Sohn über den Zustand seines Vaters erzählt?"

„Wir haben alle unseren Puls. Aber manchmal haben zwei Menschen einen gemeinsamen Puls."

Sie hat wohl gemerkt, dass sie keine weiteren Fragen mehr stellen sollte. Sie würde alles Wichtige zum passenden Zeitpunkt erfahren.

„Er hat täglich mit seinem Sohn telefoniert, als er im Krankenhaus war. Und sie hatten dieses gemeinsame Märchen, diese Geschichte, die sie miteinander verband.

Das war ihr Puls."

„Eine Geschichte?"

„Sein Zustand wurde von Tag zu Tag unerträglicher. Sie müssen verstehen, es war nicht der Krebs, der ihn am Ende umbrachte, sondern das, was er in den Augen seiner Frau sah." Ich reibe meine Daumen aneinander. Das hilft mir bei der Sache zu bleiben: „Ein Mensch, der immer ein Held in den Augen seines Sohnes war, sah in den Augen seiner Frau, wie ihn ein Ungeheuer von innen heraus auffrisst und die Hilflosigkeit, mit der sie ihn ansieht. Ganz gleich, ob es ein Tag war, an dem er Blut spuckte oder ein Tag, wo er das Gefühl hatte, als wäre alles beim Alten. Es war das, was er in den Augen seiner Frau sah. Das brachte ihn zu seiner letzten..."

Ich trinke einen Schluck Wasser und halte noch einen Moment inne: „Was solls? Jeder trifft seine Entscheidungen. Wem will man schon was verübeln?"

„Wie war die Beziehung zu Ihrem Sohn?" wechselt sie das Thema.

„Wie sollte es schon gewesen sein? Sein Held hatte ihm versprochen, dass er sich auf eine Reise begeben muss, die erst endet, wenn sein Sohn erwachsen ist. Und meine Pflicht war es, an dieser Lüge festzuhalten, bis sein Sohn alt genug ist, um mit der Wahrheit umgehen zu können."

„Warum hatte sein Vater ihm so etwas auferlegt?"

„Auferlegt sagen Sie? Er hatte die Hoffnung, dass sein Sohn, wenn er erst alt genug ist, besser verstehen könnte, wohin sein Vater gereist ist. Es wäre richtig gewesen, meinem Jungen die Wahrheit zu sagen, aber seine ganze Kindheit wäre damit vorbei gewesen. Es hätte ihn gezwungen, erwachsen zu werden."

„Wie ging Ihr Sohn damit um?"

„Er las sich selbst jeden Abend vor dem Einschlafen das Märchen, die Geschichte laut vor. So hat er seinen Puls am Laufen gehalten."

„Darf ich fragen, welches Märchen es war?"

Gefühlt fünf Minuten sitzen wir beide nur da und schweigen. Die Journalistin unterbricht ihren starren Blick Richtung Boden ab, damit sie die alte Dame ansehen kann, deren Augen einen Punkt im Nirgendwo fixieren.

„Es war auf alle Fälle eine Geschichte, die damit endet, dass man erwachsen wird. Genauso wie die Jugend eines Tages endet und nie wieder zurückkehrt, verschwindet das Alter nie wieder, wenn man es eines Tages erreicht hat", erkläre ich. „Ich war sicherlich nicht die beste Mutter, aber ich habe mein Bestes getan."

„Das bezweifelt niemand", meint sie mich trösten zu müssen.

„Was würden Sie tun, wenn Ihr Kind jedes Mal, wenn sie es umarmen, sich nach der Umarmung seines Vaters sehnt?" Mit dieser Frage muss ich wieder damit anfangen, auf meinem Sessel zu schaukeln. Dieses Mal deutlich schneller.

„Ich fühlte mich als Mutter wie in einem Gefängnis, in dem ich nur vier Wände habe. Das Einzige was Sie dann noch tun können, ist, das Beste aus diesen vier Wänden zu machen. Ich habe unsere Wände wie einen Sternenhimmel bemalt, damit mein Sohn keine Grenzen wahrnimmt... aber als er älter wurde, hat er die Grenzen erkannt und auch verstanden, wohin sein Vater gereist war. Das war auch der Tag, an dem er aufhörte, mit mir zu sprechen, da ich ihn angelogen hatte."

„Aber er verstand das mit Sicherheit irgendwann, oder?"

„Verstehen genügt nicht, wenn man sich etwas anderes wünscht. Ganz gleich, welche Entscheidungen Sie im Leben treffen, Sie treffen sie mit dem Herzen und die Vernunft erfindet dann genug Gründe, diese Entscheidung zu stützen. Mein Sohn hatte sich eines Tages entschieden, seinen Namen zu ändern. Sein Schweigegelübde war nicht Strafe genug für seine Mutter. Er hatte mich alleingelassen in meinem Gefängnis, in meinen vier Wänden, mit den Sternen, die ich für ihn gemalt hatte."

Sie legt ihre Hand auf meine verschlossenen Hände: „Ich kann Ihnen zwar nicht sagen, dass alles wieder gut wird. Denn manche Dinge werden nicht einfach wieder gut. Sie wissen, warum ich hier bin?"

Die Journalistin steht von ihrem Stuhl auf und geht vor mir in die Hocke, während sie weiter meine Hände festhält: „Sie wissen, was Ihr Sohn getan hat? Ich war womöglich der letzte Mensch, dem er an dem Abend noch begegnet ist. Und ich weiß wirklich nicht, was ich mit dieser Tatsache anfangen soll. Deshalb habe ich Sie heute besucht. Und ganz ehrlich, ich habe heute eine starke Mutter kennengelernt, die immer versucht hat, das Richtige zu tun. Ganz gleich, ob es eine Herzenssache war oder eine Entscheidung aus Vernunft. Es war das Richtige."

„Was sagte er Ihnen noch an dem Abend?" frage ich sie, nachdem ich meine Bedrücktheit mit einem Schluck Wasser wieder weggespült habe.

„Nichts Besonderes. Er war sehr bedacht darüber, dass ich nur über seine Arbeit schreibe und nicht über seine Familie, da sie nichts mit seiner Arbeit zu tun hätte." erklärt sie mir.

„Seine Familie. Ja. Damit meinte er sicherlich nicht mich. Die einzige Familie, die seinen Namen trägt, sind seine Frau und sein Sohn."

Die Journalistin kann sich nicht genug wundern: „Er ist verheiratet? Er hat ein Kind? Aber warum macht er dann so etwas?"

„Wundern Sie sich nicht. Das hat er von seinem Vater. Dieser Wunsch nach Kontrolle darüber, wie man von anderen gesehen wird, sogar während man von der Erdoberfläche verschwindet."

„Denken Sie, seine Frau würde mit mir sprechen, wenn ich Kontakt aufnehme?"

„Sie wird Sie mit Sicherheit nicht so freundlich empfangen wie ich. Da können Sie sich sicher sein." Während ich das sage, stehe ich vom Sessel auf, hole mein Adressbuch aus einer Schublade der Kommode, blättere nur eine einzige Seite um und fange an, laut vorzulesen: „Null, Eins, Sieben,..."

Die Journalistin muss sichtlich grinsen.

„Was grinsen Sie so neunmalklug? Schreiben Sie gefälligst mit. Das ist die Nummer seiner Frau, Sie Störenfried."

Sie notiert sich die Nummer auf ihren linierten Notizblock. Noch bevor sie fertig notiert hat, fordere ich sie auf: „Und jetzt habe ich noch etwas zu erledigen. Schön, dass Sie hier waren, aber sollten Sie einmal mehr auf die Idee kommen, mich zu besuchen... benutzen Sie doch bitte einfach die Klingel."

„Tut mir leid, ich hatte zuerst ja auch geklingelt, aber..."

Ich unterbreche sie auf dem Weg zur Wohnungstür: „Na kommen Sie, ich muss noch die Post von unten holen. Ich gehe noch mit runter."

Während wir die Treppenstufen hinunterlaufen, warne ich sie noch einmal deutlich: „Wenn Sie das nächste Mal kommen, wagen Sie es nicht, irgendetwas in meiner Wohnung anzufassen. Ich werde irgendwann alleine darin sterben, und sollten überall Fingerabdrücke von Ihnen zu finden sein, dann werden Sie noch des Mordes verdächtigt."

„Botschaft angekommen", lacht sie und verlässt das Gebäude.

∞ ∞ ∞

Der Himmel war grau geworden. Die Wolken bildeten eine zementfarbene Mauer zwischen dem Licht und den Augen. Unsere Augen, die unserem Verstand Geschichten erzählen. Über die grünen Blätter, den blauen Himmel oder einen kleinen weißen Hund. Alle Farben hatten nun Fieber bekommen, sie waren verblasst. Um dem angekündigten Regenschauer zu entkommen, eilt die Journalistin zur Haltestelle, sie will es noch rechtzeitig nachhause schaffen. Sie hat heute einiges erfahren über den Schauspieler, vielmehr über eine Mutter, die einsam in ihrer Wohnung lebt, aber nach dem Tod ihres Sohnes nun allein geworden ist.

Der Weg von Einsamkeit zum Alleinsein ist eigentlich keiner, da man in der Einsamkeit bereits denkt, dass man allein ist. Erst nachdem alle einen verlassen haben, ist man wirklich allein. Nur dann ist es zu spät, um noch etwas daran zu ändern. Kein Zug führt zurück in die Einsamkeit. Alleinsein ist Endstation.

IV

TROST

Das Salz auf deinen Wangen
Überschwemmt durch all den Regen
Fang ihn auf mit einem Lächeln
Und bittersüßer Dankbarkeit

Die Dunkelheit. Ist sie ein Zustand oder ein Ort? Oder ist sie einfach nur die Abwesenheit von Licht? Abwesenheit an einem Ort, wo nichts zu sehen ist, also denken wir, der Ort wäre leer. Unser Hochmut lässt die Geduld, die man bräuchte, um auf das Licht zu warten, gar nicht mehr zu. Die Geduld, die man braucht, um Dunkelheit zu verstehen, um sich mit ihr anzufreunden, damit sie einem zuflüstert und von den verborgenen Dingen erzählt, die sie in sich trägt. Diese Geduld würde unseren Augen ermöglichen, auch mit geschlossenen Lidern zu sehen. In einem Zustand, wo unser Verstand unseren Augen Gedichte erzählt. Gedichte, die sich mit den Geschichten reimen, die man mit offenen Augen bereits gesehen hatte.

Ein Gedicht, das mit Dunkelheit beginnt und Stück für Stück, Moment für Moment leichte blaue Schatten über sich zieht. Als würde der Ozean erwachen und langsam seine Augenlider öffnen. Er erstreckt sich über die ganze Decke des Zimmers, in dem man schläft. Sie versucht ihn zu berühren, den Himmel in Ozeanfarben. Mit jeder Berührung entsteht eine kleine Welle im blautürkisenen Wasser. Wie vor einer großen Glaswand im Aquarium. Eine Glaswand, auf der sie die Hände angesetzt hat, um den Druck der kleinen Wellen spüren zu können.

Mit den Bewegungen im Wasser erscheint ihr ein kleines Wesen, das sich durch kleine, sanfte, ruckartige Bewegungen durch den Ozean fortbewegt. Ein Seepferdchen, das völlig allein durch soviel Blau galoppiert. In all dem Edelmut, der königlichen Körperhaltung, in der es durch die vom Himmel erstrahlte Pracht marschiert. Das kann nur ein Traum sein, denkt sich die Journalistin.

Nur in einem Traum würde das Seepferdchen vor ihren Händen an der Glaswand Halt machen. Nur in einem Traum würde dieses winzige Pferd des Meeres vor ihr pausieren, als wollte es sich streicheln lassen. Und nur in einem Traum wäre es möglich, dass sich der Bauch des kleinen Wesens zu einer kleinen Kugel aufbläst. Es kann nur ein Traum sein, da sich das Seepferdchen in Richtung Glasscheibe gewendet hat und ihr nun direkt in die Augen sieht.

Was für ein verrückter Traum, denkt sie sich, nur Sekunden später, nachdem sie völlig verschwitzt früh am Morgen aufwacht. An die meisten Träume erinnert man sich nicht mehr, wenn man beim Erwachen nicht sofort an sie denkt. Dieser Traum war so überwältigend, dass sie den ganzen Vormittag darüber nachdenken musste. Es heißt, man kann sich nichts vorstellen, was man nicht selbst schon mal gesehen hat und man kann folglich auch nichts träumen, was man in der Wirklichkeit nicht ansatzweise erlebt hat. Doch was sagt dieser Traum über sie, denkt sie sich. Welche verschlossenen Türen ihres Unterbewusstseins werden bei der Antwort auf diese Frage geöffnet? Oder sollen diese Türen vielleicht doch besser verschlossen bleiben? Die Recherche begann bereits im Kopf, da mehr als eine einzige Frage gestellt wurde.

Sie setzt sich an ihren Laptop und sucht nach dem Wesen, welches sie im Traum sah. Sie gibt „Seepferdchen" in die Suche ein und landet auf einer Enzyklopädie-Seite. Mit einem Schluck warmen Kaffee studiert sie in Ruhe die einzelnen Gliederungspunkte des Artikels. Ihre Blicke rasten beim Punkt „Fortpflanzung" ein, als sie liest, dass diese Tierart zu den Wenigen gehört, bei denen die Männchen das Kind austragen. Das war auf alle Fälle eine Tür, die verschlossen bleiben sollte!

Nachdem sie den Kaffee zu Ende ausgetrunken hat, kramt sie aus der Handtasche die Telefonnummer hervor, die sie von der Mutter des Schauspielers erhalten hatte und gibt diese in die Internetsuche ein. Das erste Suchergebnis führt zu einem Friseursalon im Osten der Stadt. Das muss sie wohl sein. Es ist dieselbe Nummer, die sie sich aufgeschrieben hat. Da sie es aber verpasst hat, sich den Namen aufzuschreiben, wagt sie einen Spontanbesuch.

Der Osten der Stadt ist gepflastert mit hohen Plattenbauten. Wenn man Häuser nicht nebeneinander, sondern aufeinander baut, wirken sie wie karierte Seiten eines Notizblocks. Wie Gefängnisse, die einem das Gefühl geben sollen, zuhause zu sein. Aber auch ein Gefühl, dass man unbedingt von hier wegmöchte. Niemand lebt hier freiwillig, aber allen dienen diese unendlich hoch gestapelten, endlos lang wirkenden Balkone wie eine

Haltestelle, an der niemand länger als nötig stehen bleiben will.

Sie ist heute mit dem Auto unterwegs, da die Straßenbahn in diesem Teil der Stadt immer sehr überfüllt ist und man gezwungen ist, zwischen all den Menschen einen Stehplatz zu finden. Wie Fledermäuse hängen sie dann an den Stangen in der Bahn und man starrt in die Leere, um Missverständnisse zu vermeiden, die durch einen möglichen Blickkontakt entstehen könnten.

Auf der Suche nach einem Parkplatz fährt sie am gut besuchten Friseursalon vorbei und parkt eine Straße weiter zwischen zwei Transportern. Da steht sie nun, mit ihrem kleinen waldgrünen Auto, zwischen einem schwarzen und weißen Lieferwagen. Sie lässt ihre Hände noch über das Lenkrad des Wagens streifen, während sie sich zurücklehnt und einmal durchatmet. Sie ist eine Fremde, die eine andere Frau besucht, dessen Mann sich wenige Wochen zuvor umgebracht hat. Wie könnte man ein Gespräch beginnen, ohne einen falschen Eindruck zu erwecken? Ohne andere Gründe zu offenbaren, als diejenigen, die einen wirklich antreiben? Menschen misstrauen einem immer dann, wenn sie keinen Grund darin sehen, einem zu vertrauen. Misstrauen geht immer mit schlechten Absichten beim Gegenüber einher. Aber warum sollte eine Fremde schlechte Absichten gegenüber einer Person haben, die sie selbst zum ersten Mal trifft? Wie könnte die Begegnung einem anderen Zweck dienlich sein, als vorgesehen? Die Journalistin war bereits ein ungebetener Gast im Leben einiger Menschen, aber der Elefant hatte sich immer noch nicht von seinem Platz bewegt und sein Schweigen hatte sich auch noch nicht gelöst.

Eine weitere Tür ist nun die Ehefrau des Schauspielers, die hoffentlich Licht ins Dunkel bringen kann. Durch die Mutter hatte sie erfahren, dass sein Vater früh verstarb und ihm ein Versprechen auferlegte, das er nicht halten konnte. Die Strafe dieses Verbrechens hatte letzten Endes seine Mutter ereilt, mit der er fortan kein Wort mehr sprach. Das war sein Mangel an Empathie für seine eigene Mutter, die ihren Ehemann verloren hatte und durch ein Versprechen an ihren Mann auch ihren Sohn.

Seine Ehefrau könnte so manches erklären, aber warum sollte sie? Und vor allem warum einer Unbekannten? Einer Person, die aus beruflichen Gründen Fragen stellt, nicht aus persönlichen. Warum sollte sie ihr die Tür zu dem Raum öffnen? Ein Raum, in dem sich ein Elefant befand, den sie wohl am besten kannte. Mit dem sie einen Sohn hat, mit dem sie eine Familie gegründet hat. Und sie selbst gehörte nicht zur Familie, aber stand nun in diesem Raum mit all den Fragen.

Gleich nachdem die Journalistin aus ihrem Auto ausgestiegen ist, macht sie sich auf den Weg zum Salon. Einen Moment, bevor sie die Tür öffnet, hört sie das leise Bellen eines Hundes, aber ein Hund war weit und breit nicht zu sehen. Etwas irritiert geht sie zur Tür des Friseursalons. Eine junge Dame an der Kasse heißt sie willkommen und fragt, ob sie denn einen Termin hätte. Die Journalistin fragt nach dem Nachnamen des Schauspielers, während sie ihren Mantel öffnet und über ihren Unterarm faltet. Etwas verwundert über den Nachnamen erklärt ihr die junge Dame, dass die besagte Kollegin gerade Kundschaft habe und es immer besser wäre, einen Termin zu vereinbaren. Sie sagt ihr, dass es nichts Dringliches wäre und bewegt sich in Richtung Wartebereich.

Von hier aus kann sie gut beobachten, wie die junge Dame zu ihrer Kollegin geht und ihr etwas ins Ohr flüstert. Dass die Journalistin nach ihrem Nachnamen gefragt hat, ist unüblich genug für einen Friseursalon, die Frau an der Kasse muss es unbedingt weitererzählen.

∞ ∞ ∞

Es gibt Menschen, die bestehen darauf, so leben zu wollen, wie Mutter Natur sie geschaffen hat. Und dann schneiden sie sich die Fingernägel, da sie das Essen ja mit den Händen zu sich nehmen. Aber die Haare schneiden sie nicht – die können wachsen bis in alle Ewigkeit. Das wären keine Menschen, die ich jemals kennenlernen würde. Zumindest nicht im Rahmen meiner Arbeit. Zu mir kommt man nämlich, wenn man sein Äußeres, besser gesagt, die eigene Frisur auffrischen will. Acht von zehn Kunden wollen immer die gleiche Frisur. Nur zwei sind dann dabei, die etwas Ausgefallenes versuchen möchten. Warum wohl? Um ihrer Umgebung zu beweisen, dass sie nicht stehenbleiben, sondern sich immer nach vorne bewegen. Und das sagen sie am liebsten allen, ohne dabei mit jemandem sprechen zu müssen. Man hört es, wenn sie mit ihrer neuartigen Haarpracht an einem vorbeilaufen. Dieses leise Flüstern: „Sieh her, das hast du wohl noch nie gesehen."

Aber als Frisöse hört man dieses Flüstern schon gar nicht mehr. Ich bin diejenige, zu der sie kommen. Mit dem Floh im Ohr und sie wollen, dass ich ihnen den Floh aus dem Ohr nehme und auf den Kopf setze. „An der linken Seite etwas kurz, auf der rechten Seite einen Klavierflügel und oben zweifarbige Übergänge bitte." Und diese Menschen kommen damit zu mir, denn mir wird dann die Ehre zuteil, etwas Ansehnliches aus der vermeintlichen Kreativität zu machen. Ernten Sie nämlich Kritik und Gelächter, war die Frisöse schuld und wenn sie für die Innovation bewundert werden, war es ihre persönliche Anweisung, die sie der Frisöse erteilt haben. Bei dem Hungerlohn gilt es dann, möglichst keine Abschnitte zuzulassen. Gemessen an der Verantwortung verdienen wir deutlich zu wenig.

Lehrer werden aus Höflichkeit mit Nachnamen angesprochen, eine Frisöse aus Zugänglichkeit am Vornamen. Sie schneidet nämlich nicht nur die Haare, sondern ist auch eine Teilzeit-Gesprächspartnerin. Das könnte unmöglich gelingen, wenn man ständig mit Nachnamen angesprochen wird.

Nun sitzt da eine fremde Dame im Wartebereich und hat nach mir gefragt, aber den Nachnamen erwähnt. Sie ist gewiss nicht wegen ihrer Frisur hier. Aus dem Spiegel kann ich erkennen, dass sie generell nicht viel von gestalterischen Frisuren hält. Sie hat ihr braunes Haar zu einem Pferdeschwanz gebunden, Schmuck trägt sie auch keinen.

Mein aktueller Auftrag ist fertig und eigentlich wollte ich jetzt nachhause gehen. Die Neugier für die Unbekannte, die nach meinem Nachnamen gefragt hat, wird meinen Feierabend nun noch etwas hinauszögern. Auf die Arbeit bin ich dabei weniger gespannt, aber das Gespräch könnte interessant werden.

„So! Ich hoffe, wir haben wieder gemeinsam das erreicht, was Sie sich vorgestellt haben", sage ich meiner Kundschaft, während sie vom Sessel aufsteht und zufrieden in den Spiegel lächelt. „Bezahlen können Sie, wie immer an der Kasse und wenn Sie gleich den nächsten Termin vereinbaren möchten, bitte einfach eintragen lassen." Während ich sie darauf hinweise, begleite ich sie noch zur Kasse vor und wende mich dann der Fremden zu: „Ich habe noch 20 Minuten. Wenn Sie mehr Zeit benötigen, um sich beraten zu lassen, können Sie gerne einen Termin vereinbaren. Für nächste Woche hätte ich mit Sicherheit noch etwas frei."

„Nein, 20 Minuten hören sich gut an", antwortet sie, während sie vom Hocker aufsteht und darauf wartet, dass sie von mir zum richtigen Sessel geführt wird.

Ich gehe ihr voraus und drehe den Sessel in ihre Richtung, während ich auf die Kopflehne klopfe: „Na dann kommen Sie. Fangen wir an."

Sie legt noch ihren Mantel in der Garderobe ab und setzt sich etwas zögerlich vor den Spiegel.

„Was hätten Sie sich denn genau vorgestellt?"

„Was würden Sie mir empfehlen? Es muss nichts Anspruchsvolles sein."

„Hmmm... Was halten Sie denn davon, wenn wir ein paar Stufen schneiden und an der Stirn eine Welle nach links herausarbeiten?"

„Puuuh... Stufen? Welle? Sie scheinen ja eine genaue Vorstellung zu haben", sagt sie mit einem verunsicherten Lächeln.

Ich zeige ihr die Frisur in einem Werbeblatt.

Das verunsichert sie nur noch mehr: „Aber die Frau auf dem Foto hat ja blondes Haar."

„Finden Sie schön, was Sie da sehen?"

„Ja, eigentlich schon."

„Dann rate ich Ihnen, wenn wir fertig sind – achten Sie mehr auf Ihr Gesicht und nicht zu sehr auf die Frisur. Die Frisur muss nämlich Ihr Gesicht stärker wirken lassen."

„Finden Sie etwa, dass ich schwach wirke?"

„Nein! Auf keinen Fall, aber man kann doch als Frau in dieser Welt niemals stark genug wirken", sage ich ihr mit einem Augenzwinkern.

„Da haben Sie wohl Recht. Ich vertraue Ihnen einfach."

Noch während ich mich vorbereite, fängt sie schon an zu fragen: „Arbeiten Sie schon lange hier?"

„Ich hatte vor dem Studium bereits eine Ausbildung im Salon gemacht und während des Studiums habe ich die Arbeit als Nebenjob aufrechterhalten. Danach habe ich eine Familie gegründet und die Arbeit im gleichen Salon wieder aufgenommen. Was ist mit Ihnen? Sie sind wohl zum ersten Mal hier, stimmt's?"

„Ja, ich gehe generell nicht oft zum Friseur. Wenn die Haare zu lang werden, schneide ich die Spitzen selbst gerade. Aber das haben Sie mit Sicherheit schon bemerkt."

„Sie dürfen sich dabei wirklich nichts denken. Mit der Frisur ist es in der Regel wie mit dem Essen. Zuhause essen ist immer angenehm und wohltuend. Aber manchmal will man doch etwas mehr als nur etwas Angenehmes oder Wohltuendes. Dann kommt man eben zu mir und fragt an der Kasse nach meinem Vornamen."

Der Hinweis mit dem Vornamen war deutlich genug. Nach ihrem Blick zu urteilen, wirkt sie etwas angespannt: „Ich kenne Ihren Vornamen aber nicht."

„Aber dennoch haben sie ganz klar nach mir gefragt. Wurde ich Ihnen von jemandem empfohlen?"

„Ja, so in etwa. Von einer älteren Dame, die in der Nähe des Städtischen Zoos lebt."

Das wars also. Ich fange erst gar nicht mit meiner Arbeit an und wir sehen uns einen kurzen Moment durch den

Spiegel an.

„Darf ich bitte wissen, was das Ganze soll?"

„Ich war bei Ihrer Schwiegermutter, um über Ihren Mann zu sprechen."

„Sie haben meine Frage nicht beantwortet."

„Ihr Mann hat ja vor wenigen Wochen..."

„Und warum waren Sie bei der alten Frau?"

„Der Lichttechniker hat mir von ihr erzählt."

„Sie haben jetzt zwei Menschen erwähnt, zu denen ich keinen Kontakt habe und die in meinem Leben keinerlei Rolle spielen. Und Sie haben mir immer noch nicht gesagt, wer Sie sind!"

„Ich schrieb an einem Artikel über die Arbeit Ihres Mannes und an dem besagten Abend... hatte ich wohl als Letzte mit ihm gesprochen."

„Hören Sie mir bitte gut zu. Ich bin es nämlich nicht gewohnt, mich zu wiederholen."

„Ok?"

„Sie verlassen jetzt bitte den Salon und lassen sich die Haare woanders schneiden."

„Dürfte ich Sie um ein kurzes Gespräch bitten? Das würde mir wirklich helfen, so manches zu begreifen."

„Wenn Sie an einem Artikel über meinen Mann arbeiten, dann bin ich keine Quelle für Sie."

„Es geht mittlerweile nicht mehr um den Artikel."

Ich überlege kurz, welche Gründe ich hätte, ihr zu misstrauen. Und welche Gründe hätte ich, ihr zu vertrauen?

Beides führt zum Ergebnis Null, zur Bedeutungslosigkeit.

„Verlassen Sie bitte den Salon. Ich habe mit diesem Teil meines Lebens nämlich abgeschlossen. Und sie wirbeln hier nur unnötig Sand durch die Luft."

∞ ∞ ∞

Die Journalistin greift in der Garderobe nach ihrem Mantel und verlässt den Salon. Auf der anderen Straßenseite sieht sie an der Bushaltestelle eine alte Frau, die mit einem gelangweilten Gesichtsausdruck an ihrer Zigarette zieht. Sie hat ein sehr faltiges Gesicht, trägt eine rote Wolljacke und einen grünen Rock. „Wenn das Alter einen erstmal erreicht, verlässt es einen nicht wieder", hat die Mutter des Schauspielers ihr gesagt. Wie kann man nur so entspannt oder gelangweilt dasitzen, wenn man weiß, dass es kein Zurück mehr gibt? Womöglich ist eben diese Gleichgültigkeit ein Resultat der Erkenntnis, dass es Wege gibt, die man nicht mehr gehen kann, dass es Fehler gibt, die sich nicht mehr korrigieren lassen.

Was aber, wenn man noch Wege vor sich hat, die Optionen einem noch offenstehen. Warum in einem solchen Moment sich das Leben nehmen und sich bewusst dieser Möglichkeiten berauben? Der Schauspieler hätte anstelle dieser alten Frau an der Haltestelle sitzen und genauso gelangweilt auf den Bus warten können, aber er hätte dann Gewissheit, dass er sein Bestes versucht hat. Falten im Gesicht sind wie Narben, sie kommen nicht von ungefähr. Falten sind die Spuren, welche die Zeit hinterlässt und Narben sind die Spuren, die Erfahrungen zurücklassen. Beide erinnern uns jeden Morgen beim Anblick im Spiegel, wie weit wir gekommen sind.

∞ ∞ ∞

Was für ein Tag! Diese Unbekannte, die mit mir über meinen Mann sprechen will, hat mir noch gefehlt. Ich wasche mir die Hände immer dreimal vor jeden Feierabend. Beim ersten Mal lösen sich mit der Seife die Chemikalien von den Handflächen, beim zweiten Mal die Farbreste aus den Fingernägeln und beim dritten Mal ohne Seife, nur mit klarem Wasser. Gewohnheiten helfen uns dabei, uns eine vertraute Umgebung zu schaffen. Der Mensch ist ein Gewohnheitstier, aber bei jeder Gewohnheit gibt es doch diesen einen Moment, wo man etwas zum ersten Mal macht. Ich kann mich nicht mehr erinnern, wann ich das erste Mal meine Hände dreimal gewaschen habe. Aber eben solche Gewohnheiten geben dem Tag einen Rhythmus, einen Takt, der den Normalzustand bestimmt, in dem man sich wohlfühlt.

Diese Frau, die vor mir auf dem Sessel saß, hat meinen Rhythmus, meinen Takt unterbrochen. Ehrlich gesagt, weiß ich gar nicht mehr, wie oft ich meine Hände gerade eben gewaschen habe. Spielt auch keine Rolle. Sie war bereits bei meiner Schwiegermutter. Keine Ahnung, was sie ihr erzählt haben mag. Zu unserem Leben konnte die alte Frau ja auch nicht sonderlich viel beitragen.

Ich verabschiede mich bei den Kolleginnen und öffne die Tür des Salons. Da steht sie: „Mein Auto habe ich um die Ecke geparkt. Wenn Sie mir sagen, wo sie hinmüssen, kann ich sie ja fahren und wir unterhalten uns während der Fahrt."

„Sie müssen mich nicht fahren. Ich dachte, ich hatte mich deutlich genug ausgedrückt."

„Ehrlich gesagt, es wird gleich regnen. Und ich bin nicht wirklich wetterfest gekleidet."

„Sie wissen wirklich, wie man sich anstellt. Na gut, laufen wir zu Ihrem Auto. Dass Sie mich nachhause fahren, ist wohl das Mindeste, wenn sie mir schon meinen Feierabend ruinieren."

Sie sagt darauf gar nichts mehr und geht mit hochgestelltem Mantelkragen voraus. Um die Ecke läuft sie zu einem kleinen grünen Auto und steigt ein. Von innen heraus öffnet sie die Beifahrertür.

Im Auto riecht es nach mindestens zwei verschiedenen Duftbäumchen. Und siehe da, am Rückspiegel hängen auch zwei. Ein gelber und grüner Duftbaum.

„Sie können sich nicht entscheiden, was?" frage ich sie und zeige auf ihre verblasste Dekoration.

Sie reißt reflexartig die Bäumchen vom Rückspiegel und öffnet das Handschuhfach. Aus dem fallen wiederum ein Dutzend Kugelschreiber und ein Stapel Visitenkarten. Sie drückt alles irgendwie zusammen und wirft die Bäumchen mit dazu. Nach zwei Versuchen, das Fach zu schließen, schafft sie es endlich.

„Sie sind Reporterin, hatten Sie doch gesagt."

„Journalistin..."

„Wie auch immer. Haben Sie nicht so etwas wie ein Diktiergerät oder schreiben Sie noch alles handschriftlich mit?"

„Ja, ich habe ein Diktiergerät."

„Wozu dann die ganzen Stifte?"

„Nein, die sind nur... Die sind nur dazu da, um mir Gedanken zu notieren."

„Gedanken? Die können Sie doch auch aufs Band sprechen?"

„Ja, aber..." Sie schließt die Augen kurz und atmet tief durch.

„Aber?"

„Die Gedanken aufs Diktiergerät zu sprechen ist doch irgendwie sinnlos, wenn man sich ohnehin später alles nochmal anhören und dann auf Papier notieren muss?"

„Hmmm...", ich verberge meine Sprachlosigkeit mit einem Nachdenken.

„Ergibt das für Sie Sinn?", fragt sie mich geduldig.

„Ja, das macht Sinn. Fahren wir." Ich lege mir den Gurt an und stelle fest, dass es angefangen hat zu regnen.

„Sehen Sie, war doch keine schlechte Idee, bei mir mitzufahren."

„Ja, vergessen Sie nicht, Ihre Scheibenwischer

einzuschalten. Hat dieses Auto überhaupt welche?"

Sie drückt den Hebel der Scheibenwischer nach oben, während sie mich überheblich anstarrt. Als hätte sie die Technologie des Jahrhunderts in ihrem Auto verbaut.

Die Fahrt beginnt: „Wo müssen Sie denn genau hin?"

„Fahren Sie nach rechts. Ich sage Ihnen dann schon, wo sie in welche Richtung abbiegen müssen."

„Also Ihr Mann."

„Ja, was ist mit ihm?"

„Er wohnte doch in der Nähe der alten Tabakfabrik, soweit ich mich erinnern kann. Sie wohnen in einem völlig anderen Stadtteil."

„Ja, wir lebten nicht mehr zusammen."

„Verstehe."

„Was verstehen Sie?"

„Ja, Sie waren geschieden, richtig?"

„Nein, wir haben nur getrennt gelebt. Die Scheidung haben wir nie eingereicht."

Das Einzige, was in diesem Moment im Auto noch zu hören ist, ist das Quietschen der Scheibenwischer. Es regnet mittlerweile in Strömen. Kaum noch etwas zu sehen. Wie in einer Autowaschanlage. Sie fährt schon etwas langsamer, da sich die anderen Autos auf der langen Hauptstraße bereits aneinanderreihen.

„Ich weiß, es ist sehr persönlich, aber darf ich fragen, warum Sie getrennt lebten?"

„Welche Frage könnten Sie mir eigentlich über meinen Mann stellen, die nicht persönlich wäre?"

„Ich will wirklich nicht zu sehr in Ihre Privatsphäre eindringen, aber vielleicht genügen mir bereits oberflächliche Infos, bei meinem Vorhaben voranzukommen."

„Was genau ist eigentlich Ihr Vorhaben?"

„Ihr Mann hat sich das Leben genommen. Ich war mit hoher Wahrscheinlichkeit die letzte Person, mit der er gesprochen hat."

So langsam verstehe ich, was mit ihr los ist.

Ich frage sie: „Gibt es eine Gewohnheit in Ihrem Leben, von der Sie nicht mehr wissen, wann sie mit ihr angefangen haben?"

„Wie bitte? Eine Gewohnheit?", fragt sie mich und blickt nachdenklich durch die Windschutzscheibe.

„Ja, mit Sicherheit. Irgendeine Gewohnheit wird es geben. Mir fällt sie gerade nicht ein."

„Nennen Sie mir eine einzige."

„Also, es ist womöglich keine große Sache. Aber ich laufe zuhause immer mit Socken herum. Ich mag es nicht, wenn ich den Boden mit nackten Füßen berühre. Zählt das als Gewohnheit?"

„Hmmm... und wie oft sind Sie in den letzten Wochen zuhause barfuß herumgelaufen?"

Sie fängt an zu stottern: „Wie meinen Sie das?"

„Seit mein Mann vom Balkon gesprungen ist, ist Ihr Alltag nicht mehr so wie er mal war, richtig?"

Sie schweigt, aber wirkt etwas erleichtert, weil sie bei mir offenbar auf Verständnis gestoßen ist.

„Hat es Ihr Leben verbessert, als Sie sich entschieden haben, getrennt zu leben?"

„Verbesserung ist relativ. Wir haben aufgehört zu streiten. Das ist doch schon mal was."

„Aber die Gründe, warum Sie sich stritten, blieben ja bestehen, oder?"

„Wie gesagt, Verbesserungen sind relativ."

„Sie haben sich doch geliebt. Ist Liebe nicht auch relativ?"

„Wie meinen Sie das?"

„Nun ja, wenn man sich liebt, tut man das nicht gerade aus Vernunft. Und bei einem Streit geht es eher um die vermeintliche Vernunft, bei der man sich nicht einig ist."

„Ich hatte sie gerade eben nach Ihren Gewohnheiten gefragt. Liebe ist nichts anderes als Gewohnheit. Wenn man sich zu jemandem hingezogen fühlt, entscheidet man sich in dem Moment dafür, sich an jemanden gewöhnen zu wollen. Und in den meisten Fällen gewöhnt man sich an seinen Partner."

„Das ist aber eine sehr nüchterne Ansicht von etwas Emotionalem."

Ich lache: „Als Ehefrau, die getrennt von ihrem Mann lebte? Was soll ich Ihnen denn bitte von Liebe erzählen? Die Ehe war schon immer eine Einbahnstraße. In der Hoffnung, auch mit viel Geduld durchzukommen, landet man immer in einer Sackgasse. Und dort bleibt man dann für den Rest des Lebens. Sind Sie verheiratet?"

„Nein, ich stand kurz davor, aber daraus ist dann nichts geworden."

„Also haben Sie sich kurzfristig anders entschieden, als es darum ging, sich für den Rest Ihres Lebens an einen Menschen zu gewöhnen?"

„Ja, ich wollte einfach beruflich vorankommen. Er hatte andere Pläne. Wie war das bei Ihnen? Sie haben ja geheiratet."

Ich habe meinen Arm an meiner Tür aufgestützt und mich auf dem Beifahrersitz zurückgelehnt: „Ja das war eine andere Zeit. Eine andere Welt. Es hat sich soviel verändert. Alles ist anders geworden."

„Hatte er sich auch verändert?"

„Nein, überhaupt nicht. Das war es ja, warum es immer Streit gab. Er war immer noch derselbe, den ich geheiratet hatte."

„Aber ist das nicht etwas Gutes?"

„Nein, nicht immer. Wenn man Vater wird, muss man lernen, erwachsen zu werden. Und den Zug hat er leider verpasst. Er weigerte sich einfach, erwachsen zu werden."

„Sie haben einen Sohn, richtig?"

„Ja, was hat Ihnen die alte Frau noch so erzählt? Dass sie überhaupt mit Ihnen gesprochen hat, wundert mich."

„Nicht viel. Sie hat mir von ihrem Mann erzählt, der früh verstorben ist. Und..."

„Und?"

„Ja und von diesem Märchen, das er seinem Sohn immer erzählte, als er noch ein Kind war."

Sie muss wirklich gut sein in ihrem Beruf, wenn sie sogar das aus der Alten herausgekriegt hat.

„Hat Sie Ihnen auch erzählt, worum es in der Geschichte ging?"

„Nichts Genaues. Nur, dass die Geschichte endet, wenn man erwachsen wird."

„Wussten Sie auch, dass seine Mutter ihm jahrelang erzählt hat, sein Vater wäre verreist und er würde erst wieder zurückkehren, wenn er erwachsen ist?"

„Ja, davon hat sie mir erzählt. Das hatte sie ihrem Mann doch versprochen."

„Mit allem Respekt, ich als Mutter würde mich eher um die Lebenden kümmern und weniger um die Versprechen, die man Toten gibt."

„Sie meinen Verstorbenen."

„Nein, Tote. Sein Vater ist ja nicht an der Krankheit gestorben."

„Was?"

„Das hat Sie Ihnen nicht gesagt? Ihr Mann ist im Krankenhaus vom obersten Stockwerk gesprungen."

Sie kann es nicht fassen: „Ist das Ihr Ernst?"

„Ja und sein Sohn ist vom Balkon gesprungen."

Die Journalistin parkt das Auto rechts auf der

Bordsteinkante, reibt sich mit beiden Händen an der Stirn und kommt zu ihrer nächsten Frage: „Als Sie erfuhren, dass er gesprungen ist. Wie haben Sie sich in diesem Moment gefühlt?"

„Wenn man sich weigert, erwachsen zu werden und die Welt mit all ihren Schwierigkeiten als das zu akzeptieren, was sie wirklich ist. Sich selbst irgendwelche Geschichten einreden. Sich selbst das Leben lang einen unsinnigen Optimismus eintrichtern. Wohin soll das denn bitte führen? Weil das eben nichts mehr mit Vernunft zu tun hatte, war es eine Einbahnstraße. Und an dem Tag, an dem ihm klar wurde, dass er doch erwachsen geworden ist, gab es nur ein einzig mögliches Ende für sein Märchen. Nämlich, das zu tun, was sein Vater getan hatte. Was spielt es da bitte für eine Rolle, wie ich mich in diesem Moment gefühlt habe?"

„Und was ist mit Ihrem Sohn?"

„Unser Sohn ist da anders."

Sie lächelt: „Es hört sich gut an, wenn Sie von unserem Sohn sprechen, trotz der Verbitterung."

„Ich bin nicht verbittert. Ich bin mittlerweile viel länger Mutter, als ich Ehefrau war. Und er hat unserem Kind eine Erfahrung geschenkt, auf die er hätte verzichten können. Ein schlechtes Vermächtnis für einen Vater."

„Verstehe."

„Fahren Sie bitte los, ich muss in zehn Minuten zuhause sein."

Sie lenkt das Auto wieder auf die Straße.

„Fahren Sie einfach gerade aus. Nach etwa zwei Kilometern kommt eine Brücke. Nach der Brücke bitte links abbiegen."

„Welche Beziehung hatte er zu seinem Sohn?"

„Er war eben ein Vater. Ein Vater, der seinen eigenen Vater viel zu früh verloren hatte. Er hatte sich für seinen Sohn sehr viel vorgenommen und hatte klare Vorstellungen darüber, welche Art Vater er sein möchte."

„Und wie sahen Sie das als Mutter?"

„Zunächst wirkte alles sehr unschuldig, als unser Sohn noch sehr klein war. Aber bei ihm schlich sich allmählich das Bedürfnis ein, seinem Sohn dieselbe Geschichte zu erzählen, mit der er auch selbst aufgewachsen war. Ich fand es unverantwortlich von ihm, da er wusste, zu was das bei seinem Vater geführt hatte."

„Ist das nicht zu hart von Ihnen? Vielleicht wollte er eben die Scherben seines Vaters, mit seinem eigenen Sohn wieder zusammensetzen?"

„Verurteilen Sie mich, so oft Sie wollen. Aber es ging hier auch um mein Kind. Und dessen Aufgabe darf es nicht sein, eine Lösung für die Probleme anderer zu sein. Das würde aus ihm selbst irgendwann ein Problem machen."

„Wie alt ist Ihr Sohn, wenn ich fragen darf?"

„Er wird dieses Jahr fünfzehn."

„Würde es Ihnen etwas ausmachen, wenn ich mich mit ihm unterhalte?"

„Was? Über seinen Vater? Ganz bestimmt nicht. Sie halten sich schön fern von ihm, damit das klar ist. Wagen Sie es nicht, mein Kind da mit hineinzuziehen."

„Da vorne bitte links abbiegen. Lassen Sie mich am besten an der zweiten Bushaltestelle rechts raus."

„In Ordnung."

„Sagen Sie mal, haben sie eine Visitenkarte?"

„Eine Visitenkarte?"

Ich öffne einfach ihr Handschuhfach, räume die ganzen Kugelschreiber beiseite und hole einen kleinen Stapel Karten heraus: „Ich nehme mir einfach eine."

„Ja klar", sagt sie nur leise.

Nicht, dass ich sie jemals anrufen würde, aber sollte sie sich meinem Sohn nähern, rufe ich ihren Vorgesetzten an.

„Da vorne rechts können Sie mich absetzen."

Sie lenkt rechts ein und ich öffne meinen Gurt.

„Vielen Dank für das Gespräch", lächelt sie freundlich.

„Ich dachte, es wird ein nüchternes Gespräch. War doch ganz interessant, da sie auch von sich selbst erzählt haben."

„Es ging hier auch nicht um meine Arbeit."

„Das habe ich gemerkt. Nun ja, kommen Sie gut nachhause. Es regnet jetzt auch nicht mehr so stark."

∞ ∞ ∞

Die Journalistin sieht ihre Begleitung nur noch aussteigen und zur Bushaltestelle laufen, an der ihr eine

Person entgegenkommt. Durch die offene Beifahrertür und zwischen den wenigen Regentropfen hört sie noch, wie der Junge in blauer Jacke die Frau des Schauspielers fragt: „Wo warst Du so lange? Du weißt doch, dass ich heute keinen Schlüssel dabei hatte."

An dem Kuss, den seine Mutter ihm auf die Stirn drückt, weiß sie nun, dass das ihr Sohn ist, mit dem sie nicht sprechen darf. Ihr Sohn sieht noch einen flüchtigen Moment zum Auto, bevor er am Arm gezogen von seiner Mutter zum Hochhaus geführt wird. Auf der Rückenseite seiner Jacke ist ein großes Symbol zu erkennen, das aus vielen runden Linien und ein paar ungleich großen Kreisen besteht. Nach ein paar Schritten von ihm erkennt man, dass die Abbildung das Sonnensystem darstellen soll.

Die Journalistin schließt die Beifahrertür langsam zu und schaltet die Scheibenwischer aus. Die kleinen Regentropfen, die auf der Windschutzscheibe aufprallen, sehen zu Beginn wie kleine feine Sandkörner aus, aber verwandeln sich nach und nach durch ihre Bewegung nach unten in Linien. Das erinnert sie an die Gewohnheiten, von der die Ehefrau heute gesprochen hatte. Gewohnheiten, von denen man nicht mehr weiß, wann man mit ihnen begonnen hatte. Es gibt für jeden Regentropfen diesen einen Moment, diese eine Stelle, wo er aufprallt. Aber danach gleitet er nur noch die Scheibe hinunter und die eine Stelle des Aufpralls gerät außer Sicht und letzten Endes in Vergessenheit.

Wie muss sich der Aufprall angefühlt haben, als er vom Balkon sprang? Hat er sein Versagen als Ehemann bedauert? Hatte er sich vielleicht so sehr an seine Frau gewöhnt, trotz der Streitigkeiten, dass er sich hilflos und leer fühlte? Aber er hatte doch ein Kind und wenn er selbst jemand war, der nicht gerne erwachsen werden wollte, müsste sein Sohn ja genau der Mensch sein, der ihn am besten in dieser Eigenschaft Erfüllung schenken könnte. So viele Fragen, noch mehr Antworten und noch mehr Zweifel.

Heute haben sich so viele Türen geöffnet zum Raum, in dem der schweigende Elefant steht. Neben dem großen Elefanten hatte nun ein kleiner Elefant Platz genommen. Vielleicht ließe sich durch den Kleinen, das Schweigen des großen Elefanten brechen.

V

DISTANZ

Gott spricht nicht in Rätseln
Dennoch bist du am Wundern
Gehe den Weg noch einmal
Und überhole jeden Zweifel

Wie hell muss etwas leuchten, damit es unsere Augen erreichen kann? Wie laut muss jemand rufen, damit wir ihn hören können? Was wäre, wenn das Licht gar kein Licht, sondern ein Feuer, eine Art Zerstörung ist? Was wäre, wenn der laute Ruf in Wirklichkeit ein Schrei ist, von einem Menschen in Not?

Die Entfernung zwischen dem Licht und unseren Augen und der Distanz, bis die Schallwellen unsere Ohren erreichen, ist entscheidend, wenn es darum geht, wie wir etwas empfinden. Unser ganzes Leben sehen wir nachts zum Himmel hinauf und bewundern die Sterne. Sie entfachen in uns das Gefühl, dass sie alle nur demjenigen gehören, der sie gerade sehen kann. All die kleinen funkelnden Edelsteine wirken auf uns so winzig, dass wir uns selbst so groß fühlen. Obwohl sie uns vielmehr klarmachen sollten, wie klein wir sind, wie zerbrechlich und unbedeutend.

Wenn wir mehr über Sterne lernen, erfahren wir, dass sie eine sich selbst erhaltende Masse sind, die aus Feuer besteht, aus einem endlos lange brennendem Feuer. Da diese riesigen Flammen so weit entfernt sind, erscheinen sie uns in der Menge wie ein funkelndes Diamantarmband am klaren Nachthimmel. Wieviel Schönheit wir in Zerstörung sehen können, hängt von der Distanz ab, die uns vom Feuer trennt. Weit entfernt von dem Leid des Verbrennens.

So ist es auch, wenn jemand nach uns ruft. Aus der Ferne hört es sich vielleicht an wie ein Gruß, wie eine formelle, unbedeutende Geste eines Anderen. Würden wir uns dem Ruf wirklich nähern, uns auf den Weg zu diesem Menschen machen, würden wir schnell erkennen, dass es ein Hilfeschrei war. Nur meistens ist es dann zu spät. Wir haben der Stimme zu spät Aufmerksamkeit geschenkt, wir haben zulange mit unserem Verstand verhandelt, ob es vernünftig wäre, sich auf den Weg zu machen, den weiten langen Weg zu einem anderen Menschen, von dem wir aus der Ferne dachten, er würde uns nur grüßen.

Es heißt, dass sich eine Trommel aus der Entfernung wie Musik anhört, aber aus nächster Nähe wie Lärm. Wir vergessen dabei, warum jemand eine Trommel benutzt. Vielleicht, um uns zu unterhalten oder vielleicht um uns auf seinen Schmerz aufmerksam zu machen. Wenn ein Clown im Zirkus plötzlich anfangen würde zu weinen, würden wir umso mehr lachen, da die Distanz, die wir uns zu diesem Clown eingerichtet haben, niemals einen tieferen Blick in seine Augen zulassen würde, sodass wir sein wahres Leid von seinem Spiel hätten unterscheiden können.

Einer der vielen Erkenntnisse einer jungen Frau, die sich auf den Weg gemacht hat. Auf der Suche nach dem Clown, der vom fünften Stockwerk sprang, der eine Mutter, eine Frau und einen Sohn hatte. So viele Gründe zu leben, aber er entschied sich dagegen. Vielleicht war er ein brennendes Feuer, den andere als Stern bewunderten. Vielleicht rief er so oft um Hilfe und niemand lief zu ihm, sodass er die Trommel nun zum letzten Mal schlug. Dieses Mal so laut, dass sie platzte.

Die junge Frau, die seit vielen Tagen auf der Suche nach Antworten ist, sitzt heute unter einem Sternenhimmel. Um elf Uhr morgens starrt sie im Wartebereich eines Planetariums auf die rundliche Decke über ihr, auf die eine Milchstraße projiziert wird.

Diese unendliche Dunkelheit des Weltalls, dieses Nichts. Wenn wir es mit dem Prinzip des menschlichen Körpers vergleichen, wo die Knochen die Muskeln und die Muskeln die Knochen stabil zusammenhalten, müssten wir auch davon ausgehen, dass diese Dunkelheit, dieses Nichts die Himmelskörper trägt. Es heißt auch, dass das Weltall ständig seine Größe verändert, es wächst und schrumpft in einem unvergleichbaren und unmessbaren Takt. Wir könnten also meinen, dass das Universum atmet. Und durch eben diese Atembewegungen wird die Gravitation verursacht, die in diesem Nichts an Dunkelheit die Himmelskörper bewegt.

„Manchmal haben zwei Menschen einen gemeinsamen Puls", hatte die Mutter des Schauspielers ihr bei ihrem letzten Besuch, gesagt. Sie meinte damit den Puls ihres Sohnes und den seines Vaters. Was war aber mit dem Puls des Schauspielers und dem seines Sohnes?

Seine Ehefrau verbot ihr ausdrücklich, mit dem Sohn zu sprechen. Ein Wunsch, den sie respektieren muss, da eine Mutter jedes Recht besitzt, ihr Kind vor dem zu schützen, was sie als Gefahr sieht. Sie hatte zuletzt auf der

Rückenseite der Jacke, die der Sohn trug, Formen erkannt, die das Sonnensystem darstellen sollten. Die Suche nach diesem Symbol hat sie in das Planetarium geführt, wo sie sich für eine Führung angemeldet hat. Sie will auch gar nicht versuchen, den Jungen, falls sie ihn hier finden sollte, anzusprechen. Sie möchte nur genug Geduld aufbringen, um in der Dunkelheit darauf zu warten, bis sich die verborgenen Dinge von selbst zeigen. Dafür ist kein Gespräch notwendig, womöglich nur etwas Geduld.

Der Rundgang beginnt. Zwei junge Damen in blauen T-Shirts zeigen einer kleinen Gruppe von achtzehn Besuchern die Richtung, in die sie ihnen folgen soll. Sie versucht, relativ weit vorne dabei zu sein, um einen möglichst guten Überblick über alle Personen zu haben, die blaue Arbeitskleidung tragen. Die Präsentation beginnt im ersten Abschnitt des Sternenmuseums, wo die Entstehung des Alls mit einer Zeitlinie auf großen Bildschirmen gezeigt wird. Die Bildflächen sind zunächst schwarz. Die Animation erscheint erst, wenn man sich ihnen nähert. Beeindruckt von der Technologie hofft die Journalistin, dass sich der Junge ihr mit einer ähnlichen Einfachheit offenbart.

Nach etwa einer halben Stunde ist die Besuchergruppe an der letzten Station angekommen. Hier werden die Gäste aufgefordert, in einer großen Röhrenform, die wegen ihrer Sitzreihen aussieht wie der Abschnitt eines Passagierflugzeugs, Platz zu nehmen. In diesem Simulator kann man spüren, in welcher Geschwindigkeit sich Licht bewegt und wie es wäre, sich einem schwarzen Loch zu nähern. Die Simulation beginnt in absoluter Finsternis und endet in einer stark blendenden weißen Helligkeit.

Mit getrübtem Blick verlässt die Journalistin die Röhrenform und steigt ein Dutzend kleine Stufen der Treppe hinab. Zwischen dem Ausgangsbereich und der letzten Station liegt nur noch ein Souvenirladen. Sie konnte den Jungen während der gesamten Tour nirgends erkennen und hofft, in der Souvenirabteilung vielleicht noch Erfolg zu haben. Vorbei an Luftballons, Armbanduhren, Büchern und Plüschplaneten verlässt sie das Planetarium durch eine Drehtür und läuft über den großen gepflasterten Bereich außerhalb des Museums. Nach ein paar schnellen Schritten bleibt sie mit dem Absatz ihres Schuhs in einer Regenrinne im Boden stecken und fällt hart auf die Knie. Binnen weniger Sekunden nähert sich ihr eine Person und hilft ihr dabei, sich aufzurichten und ein paar Meter weiter auf eine Bank zu setzen.

∞ ∞ ∞

Das wohl größte Problem meiner Generation scheint Langeweile zu sein. Was tun wir nicht alles, um dem Gefühl des Nichtstuns zu entfliehen? Wir legen uns Hobbys zu, treiben Sport, versammeln uns ohne jeglichen Anlass bei Freunden zuhause, um gemeinsam der Langeweile zu entkommen. Es gibt leider kaum Menschen, die ich als

Freunde bezeichnen könnte, deshalb dieser Ferienjob. Den hätte ich aber an wesentlich schlechteren Orten finden können als im Planetarium. Und weil ich es bereits zum zweiten Mal vergeigt habe, den Getränkeautomaten aufzufüllen, darf ich jetzt das Souvenirgeschäft sauber halten. Aber immer erst, wenn ein Rundgang zu Ende geht und die Gäste den Souvenirstand verlassen haben. Der perfekte Zeitpunkt für eine Raucherpause ist also, wenn die Gäste im Simulator sitzen. Da ich selbst keine Zigaretten kaufen kann, bin ich noch auf die selbstgedrehten Kippen angewiesen, die ich dem Tabakvorrat meines Vorgesetzten abschöpfen kann.

Gerade erst den zweiten Zug genommen und schon stolpert eine Frau, während sie über den steinigen Boden am Ausgang entlangläuft. Ich eile zu ihr, bevor noch ein Kollege aus der Drehtür stürmt, um ihr zu helfen und mich beim Qualmen erwischt. Ich lege ihren Arm um meine Schulter und helfe ihr dabei, sich auf eine Bank zu setzen.

„Das kam plötzlich, was?" Ich muss lachen.

Sie stöhnt noch vor Schmerz und reibt sich mit den Händen an den Knien: „Wo kamst Du denn auf einmal her?"

Was für eine Frage, denke ich mir: „Ach, man sagt mir immer, dass ich nie da bin, wo ich gebraucht werde. Aber das scheint ja heute nicht zu stimmen."

Sie kann sich beruhigen: „Danke. Wirklich. Ich danke Dir."

„Keine Ursache. Müssen Sie noch zur Bushaltestelle vor? Ich kann Ihnen bis dorthin helfen, wenn Sie wollen."

„Nein, das schaffe ich schon, glaub ich. Aber ich bleibe fürs Erste einfach hier sitzen."

Meine Kollegin kommt aus der Drehtür und ruft nach mir, dass ich hereinkommen soll. Ich wende mich kurz von der Frau ab und rufe ihr zurück: „Ich muss hier kurz helfen. Komme gleich."

Als ich mich der Fremden wieder zuwende, merke ich, wie sie mich anstarrt und fragt: „Diese blaue Jacke, die Du trägst, kann man die hier kaufen?"

Ich frage mich wirklich, ob sie das ernst meint: „Nein, dafür müssen sie schon hier arbeiten."

„Du scheinst aber gerade keine Lust auf Arbeit zu haben. Du kannst Dich ruhig setzen, wenn Du willst."

Das lasse ich mir nicht zweimal sagen: „Wow, Sie sind wirklich korrekt drauf."

„Du stinkst nach Zigaretten. Sag mal, darfst Du überhaupt rauchen?"

„Nö, sind ja nicht meine, sondern die meines Chefs. Warum lässt er seinen Tabak auch einfach herumliegen. Ist wirklich verantwortungslos für einen Erwachsenen, finden Sie nicht?"

Sie grinst nur: „Du wälzt also deine Fehler auf andere ab? Das ist doch nicht fair."

„Was ist denn schon fair? Ich kann Ihnen die Anzahl

aller Monde aller Planeten im Sonnensystem auswendig aufsagen, aber bin hier zum Putzen verdonnert."

Sie wechselt das Thema: „Was machst Du sonst so? Was halten Deine Eltern davon, dass Du hier putzt?"

Typisch. Erwachsene fragen einen auch nur über andere Erwachsene aus, als würden wir Jüngeren gar nicht existieren.

„Meine Eltern denken, ich helfe bei den Touren."

„Und woher das viele Interesse an Astronomie?"

„Das... habe ich meinem Vater zu verdanken."

„Hat er beruflich auch etwas damit zu tun?"

„Nein gar nicht. Er ist im Theater. Ich meine, er war Schauspieler."

„War? Wieso sprichst Du von ihm in...?

„Er ist verstorben vor einigen Wochen. Ist aber nicht wichtig."

Nach einem kurzen Schweigen sagt sie: „Das tut mir aber leid. Muss wirklich schwierig sein für Dich."

„Ach, er hatte sowieso kaum noch Kontakt zu uns gehalten die letzten Jahre. Kann sein, dass ich deshalb nicht so betroffen bin, wie ich eigentlich sein sollte. Wirke ich auf Sie etwa traurig?"

Sie überlegt einen Moment: „Man kann auf verschiedene Arten traurig sein, glaube ich."

„Ja aber die Menschen erwarten von einem immer eine andere Art, als die, die zu einem selbst passt."

„Möglich, aber wenn dein Vater stirbt, geht es doch nicht um die Erwartungen anderer."

„Oh doch! Wenn Menschen sterben, geht es doch immer nur um die Lebenden. Beerdigungen, Trauerfeiern zum Beispiel sind doch nicht für die Toten, die haben ja nichts mehr davon. Sie sind für die Lebenden, damit sie die Erwartungen anderer erfüllen können."

Sie ist wieder verstummt: „Wenn Du älter bist, siehst Du das mit Sicherheit anders."

„Älter? Klar. Meine Mutter hat sich immer nur beschwert, dass mein Vater endlich erwachsen werden soll. Und jetzt ist er tot. Was ist denn so toll am Erwachsensein? Man kann ja älter werden, ohne erwachsen zu werden."

„Nur weil Du den Sinn in etwas noch nicht erkannt hast, muss etwas doch nicht gleich sinnlos sein. Lass Dir einfach Zeit mit deinem Urteil."

„Was machen Sie eigentlich, wenn Sie nicht stolpern?"

Mein freches und vorlautes Mundwerk war schon immer mein unangenehmstes Ablenkungsmanöver.

Sie nimmt es aber gelassen hin: „Ich arbeite bei einer Zeitung."

„Cool. Dann können Sie wohl aus jedem eine Geschichte herausholen, oder?"

„Soll ich das bei Dir versuchen?"

„Unbedingt! Sie interviewen mich jetzt?"

„Wir unterhalten uns einfach, aber es wäre wichtig dabei, dass Du vergisst, dass ich eine Journalistin bin."

„Warum?"

„Weil Du dann nicht offen sprechen würdest und die Geschichte dann nicht von Dir handeln würde."

„Ja, aber alle Menschen machen einem doch nur etwas vor."

Sie tippt mir kurz auf die Hand: „Halt Dich einfach daran, ok?"

Ich setze mich aufrechter hin: „In Ordnung, stellen Sie Ihre erste Frage."

„Wenn Du an Deinen Vater denkst, woran erinnerst Du dich spontan als Erstes?"

„Ich dachte, es geht um mich und nicht um meinen Vater."

Sie kontert mit einem strengen Blick: „Ich stelle hier die Fragen!"

„Ok. Ok. Verstanden."

„Also?"

„Hmmm... ich denke da an unser Haus, in dem ich aufgewachsen bin. Da lebten wir noch alle zusammen. Da habe ich eigentlich die meisten Erinnerungen an meinen Vater."

„Und eine ganz bestimmte, an die Du dich am besten erinnern kannst?"

„Da war... mal dieses Wochenende. Ich war elf, glaub ich. Ich half ihm den ganzen Tag beim Reparieren des Dachs. Das dauerte echt den ganzen Tag. Ich war völlig fertig danach!"

„Was war so besonders an dem Wochenende?"

„Nach dem Abendessen kam mein Vater auf die Idee, dass wir durch das Dachbodenfenster hinausklettern und uns auf das Dach setzen könnten. Das haben wir dann auch gemacht."

„Hat Dir das gefallen?"

„Was?"

„Na, dass dein Vater bereit war, mit Dir auch mal etwas Gefährliches zu unternehmen?"

„Ich glaube, als er mir den Vorschlag machte, hatten wir beide nicht an die Gefahr gedacht. Es war eine Art Belohnung, da wir den ganzen Tag das Dach repariert hatten."

„Verstehe."

„Ja und dann saßen wir da oben und der Himmel war sehr klar. Es war ja Sommer und deshalb keine einzige Wolke am Himmel."

„Und dann?"

„Die Sterne. Der ganze Himmel war voll mit Sternen und so viele an einem Fleck hatte ich wirklich noch nie vorher gesehen."

„Kannst Du dich an irgendwelche Worte erinnern, als ihr da oben gesessen habt?"

„Ich denke, ich habe ihn gefragt, wie viele Sterne das wohl wären. Und er sagte mir, ich solle anfangen zu zählen..."

Sie grinst wieder: „Ach was."

„Ja und ich sagte ihm, dass das unmöglich wäre, weil es ja viel zu viele wären. Er sagte dann, dass ich einfach anfangen soll. Jeder hätte sich gedacht, es wären zu viele und keiner hat je angefangen, zu zählen. Ich wäre dann der

Erste, der das schaffen würde, weil mich niemand einholen könnte."

„Interessant!"

„Ja ich weiß zwar immer noch nicht, wie viele Sterne es sind, aber wenigstens die Monde kenne ich. Ist doch ein Anfang."

„Warum denkt Deine Mutter, dass Dein Vater nicht erwachsen werden wollte?"

„Das müssen Sie sie schon selbst fragen. Ich bin ihr Sohn. In ihren Augen werde ich wohl nie erwachsen werden dürfen, aber von ihrem Mann hat sie das gefordert, als wäre es überlebensnotwendig. Ich sage ja, komische Welt der Erwachsenen."

„Findest Du, dein Vater hat sich nicht erwachsen verhalten?"

„Also, er hat mir immer eine Lehrstunde verpasst, bei jeder möglichen Gelegenheit. Aber..."

„Aber?"

Ich muss nachdenken: „Aber er hat mir dieses Märchen erzählt. Immer vor dem Einschlafen. Da war er immer anders als sonst. Er wirkte glücklicher."

„Was war das für ein Märchen?"

„Ich weiß nicht mehr genau, wie die Figuren hießen. Die Namen hat er mir nie genannt. Aber es ging um eine Insel. Weit weg von unserer Welt. Es ging um Elfen und Piraten. Und dieser eine Junge, der nie erwachsen werden wollte. Auf dieser Insel wurde niemand älter, als er bereits ist."

„Denkst Du, dass die Geschichte für Deinen Vater eine wichtige Bedeutung hatte?"

„Ja, sein Vater hatte sie ihm auch immer erzählt, soweit ich weiß."

„Und würdest Du sie deinen Kindern erzählen, wenn Du mal welche haben solltest?"

„Puuh... Kann sein, ich weiß es nicht. Ich glaube, das Vatersein liegt den Männern in unserer Familie nicht so."

„Meine Güte! Wie kommst Du denn auf sowas?"

„Ja, wie soll ich sagen..."

„Sag es am besten so, wie Du es Dir gerade gedacht hast."

„Also mein Großvater hat sich das Leben genommen. Mein Vater auch. Und beide wollten nicht erwachsen werden und erzählten dieses Märchen. Ich glaube nicht, dass es eine tolle Idee ist, die Geschichte weiterzuerzählen."

Sie ist still geworden. Habe ich zu viel gesagt? Vielleicht mag sie es nicht, wie ich über den Tod meines Vaters spreche: „Ich wollte nicht respektlos sein, aber das ist nun mal eine Tatsache in unserer Familie."

„Nein, schon in Ordnung."

„Haben Sie Kinder?"

Sie ist nun endgültig irritiert: „Kinder? Nein."

„Und wollen Sie keine?"

„Warum sollte ich keine Kinder wollen?"

„Ja, also einen Ehering tragen Sie ja nicht und Sie sehen schon so aus, als würden Sie viel arbeiten. Vielleicht haben

Sie ja einfach keine Zeit."

Darüber will sie offenbar nicht sprechen: „Ich dachte, ich stelle hier die Fragen."

„Fragen? Sie haben mich über meinen Vater ausgefragt. Jetzt bin ich an der Reihe."

„Warum wollen Sie keine Kinder?"

„Erstens habe ich nie gesagt, dass das der Fall wäre. Zweitens finde ich die Frage etwas aufdringlich."

„Sie haben jetzt soviel über mich erfahren. Ich weiß aber nichts über Sie."

„Also ich war kurz davor, einmal zu heiraten. Aber ich wollte noch ein paar Jahre arbeiten, bevor es an das Gründen einer Familie geht. Mein Partner war da anderer Meinung."

„Langweilige Antwort! Ich hatte was viel Krasseres erwartet."

„Tja, Du solltest Deine Erwartungen senken. Dann wirst Du vielleicht noch positiv überrascht."

„Sie sollten ein Seepferdchen sein, finde ich."

Sie ist still und wirkt schockiert über das, was ich gerade von mir gegeben habe. Dann fragt sie doch: „Seepferdchen?"

„Ja, bei den Seepferdchen kriegen nämlich die Männer die Babys. Da hätten sie nämlich kein Problem. Sie könnten weiter Ihrer Arbeit nachgehen und Ihr Mann hätte die Kinder bekommen."

Sie lächelt: „Ich glaube nicht, dass ich arbeiten würde,

wenn ich ein Seepferdchen wäre."

„Oh Mann! Stellen Sie es sich doch einfach mal vor. Auf jeden Fall würde es Ihr Problem lösen."

Die Drehtür dreht sich erneut und meine Kollegin erscheint mit deutlich genervtem Blick.

Die Fremde bemerkt das auch: „Ich glaube, Du solltest Dich wieder an Deine Arbeit machen."

Ich stehe von der Bank auf: „Ja, dann bis... wann auch immer. Vielleicht sieht man sich ja."

„Eines noch. Wo war dieses Haus, in dem Du aufgewachsen bist?"

„Das ist das Haus in der Nähe des Leuchtturms. Außerhalb der Stadt. Es ist eines von zwei Häusern dort. Warum wollen Sie das wissen?"

„Nichts weiter. Wollte mir die Geschichte auf dem Dach nur etwas genauer vorstellen. Sag mal, wie heißt Du eigentlich?"

„Wie ich heiße? Ich sagte ja bereits, wir würden uns auch ohne Namen wiedererkennen."

Mit einem Augenzwinkern laufe ich durch die Tür und in Richtung Souvenirladen.

∞ ∞ ∞

Mehr als schockiert sitzt die Journalistin noch auf der Bank. Das Märchen handelte von Elfen, Piraten und einem Jungen, der nicht erwachsen werden wollte. Und was war das für eine Antwort, sie würde ihn ohne Namen wiedererkennen. Dieser Satz fühlte sich an wie eine Schublade, die schon immer in ihrem Kopf da war. Jetzt öffnete sie die Schublade und sie war leer. Vielleicht muss sie die Schublade nur oft genug immer wieder öffnen, bis zu dem Moment, wo etwas darin liegt, was ihrer Erinnerung auf die Sprünge helfen könnte.

Schublade für Schublade, Tür für Tür, das Spiel war wie ein Labyrinth, bei der sich mit jeder Abzweigung manchmal fünf neue Wege eröffneten und manchmal lief man in eine Sackgasse. Da wird es sehr anstrengend, wenn man jeden Weg des Labyrinths immer wieder zurücklaufen und nochmal gehen muss. Die Journalistin hat sich nun vorgenommen, keine weiteren Menschen mehr zu befragen. Sie wird sich stattdessen auf den Weg machen. Zu dem Haus nahe dem Leuchtturm. Und sie hofft, dass sie dort eine Leiter findet, an der sie hinaufsteigen und das Labyrinth von oben betrachten kann. Der Weg nach draußen sollte dann nicht mehr schwer zu finden sein.

VI

HEIMWEH

Die Orte, die du vermisst
Kehre niemals dorthin zurück
Die Sehnsucht wird dir fehlen
Und die Orte sind nicht dieselben

Am Rande des Asphalts sterben die Pflanzen als Erstes. Das ganze pechschwarze Gift, welches die Menschen hinterlassen, zerstört ausgerechnet die Grundlage, die für sie das Atmen überhaupt erst ermöglicht. Ja, es sind die Menschen, die das Gift zurücklassen und die Autos, die sie fahren. Sie haben sich bei der Frage zwischen Geschwindigkeit und ihrer Verantwortung gegenüber der Umwelt für das Falsche entschieden. Bin ich davon ausgenommen? Ich versuche es zumindest. Deshalb fahre ich kein Auto, gehe lieber zu Fuß. Hin und wieder am Straßenrand, wenn meine Füße meine Moral über Bord werfen, winke ich manchmal den vorbeifahrenden Menschen aus Not zu. Die wenigsten halten an, da sie mein Gesicht sehen, mein Äußeres. Und helfen will man niemandem, der so aussieht wie ich. Die buschigen Augenbrauen, der ungepflegte Schnauzbart und die vom Alter umrandeten Augen wecken nur selten Sympathie. Manchmal wirke ich nett auf Menschen, die ich selbst nicht ausstehen kann. Eine Wechselwirkung, die nie Wirkung zeigt. Welch ein Unglück.

Es ist Wochenende und in dem Alter, in dem ich mich befinde, entscheidet man einfach nach dem Frühstück, was man den Rest des Tages unternimmt. Niemand wartet auf mich, keiner rechnet mit mir. Für jeden, den ich treffe, bin ich eine Überraschung und wenige Worte später zumeist eine Enttäuschung. Deshalb bin ich allein unterwegs. Wenn ich mich fragen würde, ob das mein Schicksal ist, wäre die Antwort sinnlos. Keine Antwort auf der Welt kann mir dabei helfen, mein Schicksal zu beeinflussen. Wenn sie etwas sichtbar macht, dann immer wenn es zu spät ist. Ich vermute, dass das Schicksal eine Ausrede für Menschen ist, die nichts mehr an ihrem Leben ändern wollen.

Die lange Landstraße, an dessen Rand ich gerade laufe, hat seit gefühlt zehn Kilometern keinen Ausweg, keine Abzweigung mehr. Sie führt in einen kleinen Vorort aus der Stadt. Das Wetter ist gut, um dort am Strand sitzen zu können. Sitzen und einfach Nichts tun. Jawohl! Nichts tun, das habe ich mir heute vorgenommen. Und dafür laufe ich zu Fuß aus der Stadt hinaus zu einem Vorort mit Strand.

Meine Beine schmerzen und zwingen mich in die Knie. Ich setze mich auf das gelbgrüne Gras, welches das Gift der Straße noch überlebt hat. In kurzen Zeitabständen ist ein Motorengeräusch zu hören. Ich hebe meine Hände früh genug, damit die vorbeifahrende Person mich lang genug mustern kann, um entscheiden zu können, ob ich die Ehre verdiene, auf dem Beifahrersitz mitzufahren. Ein schwarzer Geländewagen fährt vorbei. Der hätte doch genug Platz gehabt, denke ich mir. Dann eine blaue Familienkutsche, die kann ich gleich vergessen. Wer setzt mich schon in die Nähe seiner Kinder?

Dann lange Zeit kein Geräusch mehr auf der Straße zu hören. Nach etwa zehn Minuten richte ich mich auf und entscheide, wieder ein Stück zu laufen. Nur einen Moment später höre ich das langsam lauter werdende Geräusch eines sich nähernden Fahrzeugs. Ich drehe mich um und sehe einen kleinen grünen Wagen, mit einer einzigen Person am Steuer, einer Frau. Ich winke ihr zu, erst mit einer Hand, dann mit beiden. Sie fährt an mir vorbei, aber hält ein paar Meter weiter vorne an.

Sie dreht die Scheibe der Beifahrertür herunter und begrüßt mich: „Guten Tag."

So höflich wie ich bin, erwidere ich: „Guten Tag."

„Wo wollen Sie hin?"

„Da, wo diese Straße hinführt, zum Strand."

„Ich denke, dann kann ich Sie mitnehmen."

Nachdem ich die Tür geöffnet und auf dem Beifahrersitz Platz genommen habe, lege ich meine Umhängetasche zwischen die Beine.

„Anschnallen nicht vergessen", sagt sie in einem sanften, höflichen Ton, während sie das Auto wieder auf die Fahrbahn lenkt.

„Anschnallen? Fahren Sie denn schnell?", frage ich, während ich mir den Gurt anlege.

„Sicherheit hat doch mit Geschwindigkeit nichts zu tun."

„Ach, so würde ich das nicht sagen. Sicherheit soll uns schützen und Geschwindigkeit bringt uns oft in Gefahr."

Ich versuche einfach nur Konversation zu machen. Das hat sie sicherlich bemerkt und antwortet auf meine

Bemerkung erst gar nicht.

Wir sehen beide durch die Windschutzscheibe auf die Straße. Über uns sind ein paar graue Wolken, aber in der Ferne ist der blaue Himmel zu erkennen. Es wirkt so, als würden wir einem Sturm entfliehen. Aber so schnell wie das kleine grüne Auto fährt, kann man es nicht wirklich als Flucht bezeichnen.

„Sind Sie oft am Strand?", fragt sie mich, ohne den Blick von der Straße abzuwenden.

„Ich war letztes Jahr im Sommer dort. Vielleicht habe ich dieses Jahr im Frühling mehr Glück."

„Glück? Womit?"

„Im Sommer ist der Strand oft voll mit all den Familien und Kindern. Man soll ja auch mal etwas Ruhe genießen können."

„Verstehe. Aber es ist doch auch schön, unter Menschen zu sein."

„Ja schon, aber..."

„Aber?", fragt sie und sieht mich dabei an.

„Ich sage es Ihnen, wenn ich die richtige Erklärung gefunden habe."

„Schon in Ordnung. Aber so alleine am Straßenrand entlang gehen. Da läuft Ihnen ja auch niemand über den Weg. Ist das nicht genug Ruhe?"

„Ja, aber das ist doch nur die Reise. Ruhen will man doch am Ziel, wenn man angekommen ist."

Sie schweigt für einen Moment, bevor sie anmerkt: „Manchmal ist doch die Reise schöner, wenn man das Ziel nicht kennt."

Ich muss lachen: „Das wird ja ein tiefgründiges Gespräch. Machen Sie das öfter?"

„Öfter? Was meinen Sie?"

„So banalen Dingen so viel Bedeutung schenken?"

Ein paar Sekunden herrscht Stille: „Das tun wir glaube ich alle, sprechen will vielleicht niemand darüber."

„Wo fahren Sie hin? Kennen Sie das Ziel oder fahren Sie einfach, bis der Tank leer ist?"

„Ich war noch nie an dem Ort, kenne ihn nur von ein paar Postkarten. Vor allem den Leuchtturm."

Ich ziehe die Enden meiner Hemdärmel aus der Jacke hervor und schließe die Ärmelknöpfe, zuerst den rechten und dann den linken Knopf: „Was wollen Sie denn am Leuchtturm? Da wohnt doch niemand mehr."

„Ich muss nicht direkt zum Leuchtturm, sondern zu einem Haus – das liegt unmittelbar in der Nähe."

„Besuchen Sie jemanden?"

„Nein, soweit ich weiß, wohnt da niemand mehr."

Ich verschließe meine Hände auf dem Schoß und fange an, meine Daumen aneinander zu reiben: „Sie fahren zu einem Ort, wo Sie noch nie vorher gewesen sind, zu einem Haus, das sie nicht kennen und von dem sie nicht mal wissen, ob da noch jemand wohnt? Was machen Sie eigentlich beruflich, wenn ich fragen darf?"

„Ich arbeite bei der Wochenzeitung."

„Ach... und sie schreiben etwas über dieses Haus?"

„Nein, heute bin ich privat unterwegs."

Ich reagiere verwirrt: „Jetzt verstehe ich gar nichts mehr."

Sie grinst nur: „Ich erkläre es Ihnen, wenn ich die richtigen Worte dafür gefunden habe."

Wir biegen nach links ab und können von Weitem den Leuchtturm schon hinter einer langen Reihe von Bäumen erkennen. Der Küstenwind verbiegt alle Bäume wie ein Kamm, der übers Haar streicht. An der Form der Bäume lässt sich genauso wie an den Haaren erkennen, in welche Form sie wieder zurückgehen werden. Verformung bedeutet Veränderung, aber manches lässt sich nicht ändern. Instinktive Muster, Gewohnheiten, zu denen man immer wieder zurückkehrt.

Nach etwa zwei Kilometern sind wir am Strand angekommen. An der Grenze, an der sich die Grünflächen in Sand verwandeln, parkt sie und verabschiedet sich: „Es war zwar nicht lang, aber es war mir eine Freude, Sie mitgenommen zu haben."

Was will ich mit soviel vorgetäuschter Höflichkeit? Ich öffne die Beifahrertür und setze einen Fuß aus dem Auto: „Sie waren noch nie hier? Sie sollten sich den Strand schon mal ansehen, wo sie hier sind, finden Sie nicht?"

„Möglicherweise haben Sie recht, aber ich muss noch das Haus suchen. Wissen Sie denn überhaupt, wie Sie heute wieder nachhause kommen?"

„Ach... Machen Sie sich nur keine Sorgen um einen

alten Mann. Ich habe ja doch schon einiges gesehen und erlebt. Aber so jung wie Sie sind und dann waren Sie noch nie an diesem Strand? Er ist wirklich schön."

„In Ordnung, zehn Minuten habe ich bestimmt noch. Vielleicht sehe ich von hier aus bereits das Haus und kann mir Zeit beim Suchen sparen."

Ich ziehe meinen Fuß wieder ins Auto und schließe die Autotür: „Na dann los. Da vorne links können Sie parken."

Sie fährt nach links: „Wo sehen Sie da bitte einen Parkplatz?"

Ich zwinkere ihr zu: „Parkplätze entstehen da, wo man ein Auto parkt."

Wir steigen beide aus dem Auto und laufen Richtung Küste. Der Wind fühlt sich etwas wärmer an als sonst, aber das lässt ihn nicht weniger wild wirken. Nach einer längeren mit Holzbrettern gefestigten Promenade zeige ich ihr den Weg zum Küstenrand. Die Wellen kündigen sich wie immer, mit einem Rauschen an, bevor sie die sandige Küste wie ein trockenes Auge mit Tränen überfluten. Manchmal wirken sie auch wie Postboten, die nur auf den Moment warten, bis man etwas auf den sandigen Boden legt und eilen rasch herbei, um sich die Botschaft abzuholen. Wo die Botschaft hingeschwemmt wird, ob sie jemals jemand erhalten wird, ist eine Frage des großen Zufalls.

„Ein großer Dichter hat mal gesagt..." sage ich ihr, während ich mich zu ihr drehe und mit dem Rücken zum Wasser stehe.

„Wie bitte?"

Wegen dem Wind muss ich wohl etwas lauter sprechen: „Ein großer Dichter hat mal gesagt."

„Ja?"

„Er sagte: Es muss etwas Göttliches im Salz sein. Es ist in unseren Tränen und auch im Meer."

Sie sieht kurz nachdenklich auf das Wasser, das ihr entgegenkommt und lächelt: „Das ist ein sehr schöner Gedanke. So habe ich das noch nie gesehen. Wo Sie von Gott sprechen. Sind Sie religiös?"

„Genügt es, an das Unsichtbare zu glauben, um religiös zu sein oder gilt das bereits als Aberglaube?"

„Ich vermute, dass Sie an eine höhere Macht glauben müssen, um sich als religiös bezeichnen zu können."

„Und was ist, wenn ich daran glaube, dass ich als Mensch gar keine Macht habe?"

„Es zählt nicht, wenn Sie nur ständig mit Gegenfragen antworten. Sie müssen schon auch etwas über sich selbst offenbaren."

„Sie haben doch selbst vorhin gesagt, dass eine Reise doch oft viel schöner ist, wenn man das Ziel nicht kennt. Vielleicht bin ich in Glaubensdingen auch nur gerne ein Reisender, der sich nicht viel Gedanken über das Ziel machen möchte."

Südlich, entlang der Promenade ist ein Haus zu erkennen. Ein weißes Haus mit einem schwarzen Ziegeldach: „Ist das da vorne vielleicht das Haus, das Sie suchen?"

Sie blickt in Richtung Süden: „Ehrlich gesagt, ich habe keinen Schimmer. Aber es soll das einzige von zwei Häusern in der Nähe des Leuchtturms sein."

Wir sehen uns beide in alle Richtungen um und können kein anderes Haus in der Nähe finden. Ich laufe los: „Nun ja, soviel Auswahl scheinen wir nicht zu haben."

„Wie? Sie kommen mit?"

„Ja, eine junge Frau sollte nicht allein an einem fremden Ort sein."

„Aber sie wollten doch an den Strand?", fragt sie, während sie mir hinterherläuft.

„Ja, da war ich jetzt auch. Bevor ich im Sand sitze und mir den Kopf darüber zerbreche, was Sie in dem Haus vielleicht gesucht und gefunden haben, begleite ich Sie wohl besser."

„Machen Sie sich nun Sorgen um mich oder ist es die Neugier?"

„Das sage ich Ihnen, wenn wir am Haus angekommen sind."

Nach etwa einem halben Kilometer auf der hölzernen Promenade, nähern wir uns langsam dem Haus.

„Wohnt hier jemand?", frage ich.

„Ich weiß es nicht. Wahrscheinlich nicht."

„Was? Was tun wir dann hier? Wollen Sie etwa einbrechen?"

„Nein. Natürlich nicht."

Während wir uns dem Eingang des Hauses nähern,

erkennen wir, dass hinter dem Haus noch ein kleineres Haus steht, vor dessen Einfahrt auch ein Auto geparkt wurde.

Ich mache einen Vorschlag: „Wie wäre es, wenn Sie bei den Nachbarn klingeln? Da scheint auch jemand zuhause zu sein."

Sie klingelt an der Haustür und wir sehen uns gespannt mit hochgezogenen Augenbrauen an. Ein paar Schritte sind zu hören und nach einem Moment öffnet ein junger Mann die Tür. An seinen Augen ist zu erkennen, dass nur selten Fremde an dieser Tür stehen. Vor lauter Verwirrung verpasst er es, uns zu begrüßen.

Sie reicht ihm die Hand und stellt sich kurz vor: „Ich bin Journalistin und bin wegen des Hauses nebenan aus der Stadt hierhergefahren. Können Sie mir vielleicht sagen, ob da noch jemand wohnt?"

Er zögert etwas: „Wohnt? Ehm... Nein. Warum fragen Sie?"

„Ich recherchiere an einem Artikel über den Schauspieler, der hier früher mit seiner Familie gelebt haben soll."

„Aber das ist ja schon fast zehn Jahre her", antwortet er.

„Ich weiß, es klingt ungewöhnlich, aber denken Sie, ich könnte mir das Haus etwas näher ansehen?"

Der Junge sieht mich an, worauf ich nicht viel zu erwidern habe: „Sehen Sie nicht mich an! Ich bin nur die Begleitung heute. Haben Sie denn überhaupt einen Schlüssel zu dem Haus?"

Er stottert wieder etwas: „Ja schon, wir kümmern uns

um das Haus und den Garten."

„Na los, dann holen Sie den Schlüssel. Worauf warten Sie noch?"

Sie ist sichtlich überrascht von meinem schroffen Ton, aber hält sich zurück, da der Junge wieder ins Haus gelaufen ist. Er kehrt mit einem Schlüssel zurück: „Warten Sie, ich zieh mir schnell Schuhe an, dann zeige ich Ihnen das Haus."

„Nein! Nicht nötig. Wir bringen Ihnen den Schlüssel wieder, sobald wir fertig sind. Sollte nicht lange dauern. Okay?"

Er sieht mich etwas skeptisch an und zieht den Schlüssel aus dem Bund: „Ja, klar. Aber machen Sie bitte nicht so lange. Meine Mutter kommt bald nachhause."

Ich reiße ihm den Schlüssel aus der Hand: „Vielen Dank junger Mann", dann laufen wir zum Haus.

Sie ist mehr als nur verwundert: „Wie haben Sie das gemacht? Er hat Ihnen einfach den Schlüssel gegeben. Ich wäre noch nicht mal auf die Idee gekommen, ihn danach zu fragen."

„Ach, er war verunsichert, obwohl er mit beiden Füßen im eigenen Haus stand. Da hilft es nur, seine Verwirrung weiter in die Höhe zu treiben. Wichtig ist, dass wir nun den Schlüssel haben."

Ich drehe den Schlüssel zweimal durchs Schloss und betätige den Schalter neben dem Türrahmen, um das Licht einzuschalten. Das Haus ist eines dieser älteren Bauten, in denen die Wände noch aus Holzleisten bestehen. Ein langer Flur scheint in einen größeren Raum zu münden. Mit langsamen Schritten geht sie mir voraus und sieht sich die Wände und die Decke genauer an. Nur leere Bilderrahmen hängen im Flur. In den leeren Flächen sind Vergilbungen und Abdrücke zu erkennen. Zeichen für Erinnerungen, die bewusst entfernt wurden.

Sie stellt fest: „Alles aus Holz. Mein Geschmack wäre es nicht."

Ich bin da anderer Meinung: „Auf manche wirkt genau das gemütlich und das Holz passt doch auch zur ländlichen Gegend."

Im Wohnzimmer angekommen sehen wir eine große Fensterfront, die zu einer Terrasse mit Fassade führt. „Es ist ganz schön staubig hier. Ich öffne mal besser die Fenster."

Wir gehen beide auf die Terrasse und sehen den Hang abseits der Fassade hinab. Eine wundervolle, naturbelassene Schlucht, durch die ein kleiner Bach fließt. Sie legt ihre Hände auf die Fassade und atmet die Waldluft tief ein.

„Es ist schön hier, nicht wahr?"

„Ja, ungewohnt so etwas", sagt sie.

Ich sehe, wie eine kleine rote Feder durch die Luft wirbelt und auf ihrem Handrücken landet. Ob sie die Feder bemerkt hat, frage ich mich.

„Von welchem Vogel, glauben Sie, ist die?"

„Wie bitte? Was meinen Sie?"

Eigenartig! Die Feder hat sich in Luft aufgelöst.

Um der Erklärung zum Vogel zu entkommen, schlage

ich vor, wieder ins Haus zu gehen.

Im Wohnzimmer befindet sich in der linken Ecke eine Wendeltreppe, die in eine Galerie ins Stockwerk darüber führt. „Wollen wir da mal hochgehen?" schlage ich vor, während ich schon auf dem Weg zu den Treppenstufen bin.

Während ich die Stufen hochsteige, zähle ich im Kopf wie immer die Stufen mit. Das hilft dabei, der Höhe eine Dimension zu verleihen. Oben angekommen sehen wir, dass im Galeriebereich außer einem Sofa noch eine Wand mit einem riesigen Spiegel zu sehen ist. Der Spiegel ist umrandet mit vielen Glühbirnen, die mit Sicherheit schon sehr lange nicht mehr eingeschaltet wurden.

„Das kommt mir sehr bekannt vor", stellt sie überrascht fest.

„Sie sind doch zum ersten Mal hier, sagten Sie?"

„Ja, es ist das erste Mal, aber es scheint mir dennoch nicht fremd zu sein. Kennen Sie das Gefühl, wenn sich etwas zwar nicht wiederholt, sondern vielmehr reimt. Ich war noch nie in diesem Haus, aber dieser Spiegel, diese Glühbirnen…"

„Das klingt ja wie im Geschichtsunterricht. Vieles reimt sich, ohne sich wirklich zu wiederholen."

Ich setze mich vor dem Spiegel auf den Hocker und mache mir die Haare zurecht. Wusste gar nicht mehr, wie schlimm ich aussehe. Während ich mir die Enden meines Schnurbarts mit den Fingern zu Spitzen forme, schaltet sie das Licht der Glühbirnen ein.

Ein Schock wäre eine deutliche Untertreibung für das Gefühl, was mich soeben ereilt hat. Ich sehe die Journalistin plötzlich durch den Spiegel auf dem Sofa sitzen. Sie trägt einen Mantel und hat eine Handtasche dabei und starrt mich an. Völlig irritiert wende ich mich vom Spiegel ab und sehe, wie sie am Lichtschalter steht: „Alles in Ordnung?"

„Ja, kann man so sagen."

Das Sofa ist leer. Keine Menschenseele. Und im Spiegel ist niemand mehr zu sehen. Was war das? Ich scheine allmählich den Verstand zu verlieren in diesem Haus.

Ich laufe zum kleinen Fenster in der Galerie und kann meinen Augen kaum trauen. Sie wirken wie Staub, dann wie Sägespäne... zu dieser Jahreszeit Schneeflocken? Ich lege meine Hand auf die Glasscheibe des Fensters und spüre, wie es deutlich kälter geworden ist.

„Sehen Sie das?"

Sie kommt auch zum Fenster: „Was meinen Sie?"

„Schnee!"

Sie kommt noch näher ans Fenster: „Schnee? Zu dieser Jahreszeit? Unmöglich. Wo sehen Sie da Schnee?"

Wir hören von unten das Lachen eines Kindes. Ich eile die Stufen hinab und sehe, dass die Tür zur Fassade geschlossen ist.

„Haben Sie die Tür geschlossen?"

„Ja, ich schätze schon."

„Und haben Sie das auch gehört?"

„Nein. Ehrlich gesagt, Sie jagen mir gerade etwas Angst ein. Ist wirklich alles in Ordnung mit Ihnen?"

Ihre Fragen interessieren mich im Moment nur wenig. Ich sehe in der Spiegelung der großen Fensterfront einen Schimmer, eine Art Schatten. Während ich auf das Fenster zulaufe, bewegt sich der Schimmer gar nicht mit. Da steht ein Junge am Rand der Fassade.

„Was zum...?" denke ich laut.

Er setzt sich die rote Feder ans rechte Ohr und breitet seine Arme aus, als würde er fliegen wollen. Und er springt in die Schlucht... Mir wird schwindelig und ich merke, wie ich zu Boden falle. Ich höre im Rauschen des Meeres nur noch ihre Stimme: „Was ist los? Soll ich einen Arzt rufen?"

VII

APPLAUS

·

Lausche dem Beifall
Denn er ist ein Vorbote des Tages
An dem die Stimmen in deinem Kopf
lauter klatschen als das Publikum

„Wo Schmerz ist, ist auch Liebe. Wo Liebe ist, ist auch Schmerz."

„Sind Sie gegen den Schmerz oder gegen die Liebe?"

„Wenn das eine immer zum anderen führt, hat man doch gar keine Wahl, als sich zu ergeben."

„Ergeben? Muss man gegen den Schmerz und für die Liebe nicht sehr oft im Leben kämpfen?"

„Zum Beispiel?"

„Naja, wie zum Beispiel... bei der Geburt eines Kindes."

„Interessant!"

„Ja, die Gründung einer Familie gilt oft als Manifest der Liebe zwischen zwei Menschen. Und die Geburt ist mit sehr viel Schmerzen verbunden. Man kämpft gegen den Schmerz an und wenn das Kind dann in den Armen der Mutter liegt, wird das Überwinden des Schmerzes mit einem Gefühl der bedingungslosen Liebe belohnt."

„Haben Sie Kinder?"

„Nein."

„Dafür haben Sie eine sehr gute Vorstellung davon, wie es ist, Mutter zu sein."

„Nun ja, ich bin die Tochter einer Mutter."

„Das ist nicht dasselbe. Glauben Sie mir. Ich bin Vater und auch Sohn. Das eine ist Instinkt und das andere Empathie. Beide können sich gegenseitig ergänzen, aber niemals ersetzen."

Sie wechselt das Thema, um der Sackgasse der Argumentation zu entkommen: „Was war im Haus los mit Ihnen?"

„Diese Frage kann ich mir leider selbst noch nicht beantworten."

„Haben Sie anstelle einer Antwort vielleicht eine Vermutung?"

„Verstehen Sie mich bitte nicht falsch, aber ich ziehe es vor, Vermutungen für mich zu behalten. Sie sind nur irreführend, wenn man sie jemandem mitteilt."

„Sie haben offenbar Dinge gesehen, die ich nicht sehen konnte. Und dann sind Sie bewusstlos geworden. War es Angst oder Verwirrung?"

Ich versuche das, was geschehen ist, zu erklären: „Die Erkenntnis, dass nur ich die Dinge sehen kann, hatte mir jeden weiteren Schritt erschwert, mit dem ich mich durch das Haus bewegte. Weil von da an jedes weitere Ereignis im Grunde Einbildung sein könnte. Natürlich verliert man in einer solchen Situation den Verstand."

Sie wechselt wieder das Thema, indem sie eine riskante Frage stellt: „Woran müssen Sie im Moment am meisten denken?"

„An Sie", antworte ich, ohne die Folgen abzuwägen.

„An mich? Ich sitze doch vor Ihnen. Worüber genau denken Sie denn nach?"

„Über Ihren Schmerz und der damit verbundenen Liebe. Aber das wäre eine Vermutung und zu persönlich."

„Ich erlaube es Ihnen, über mich eine Vermutung zu äußern und ich verspreche, dass ich es nicht persönlich nehmen werde."

„Das ist unmöglich, dass Sie das nicht persönlich nehmen."

„Ich halte mich an meine Versprechen. Versuche es zumindest."

„Auf Ihr eigenes Risiko! Ich denke über den Schmerz nach, den Sie vielleicht empfinden, sich gegen ein Kind und für die Karriere entschieden zu haben. Und über den Schmerz, dass Sie durch diese Entscheidung einen Menschen verloren haben, den Sie liebten."

„Hmmm..."

„Ich sagte ja, dass es unmöglich ist, so etwas nicht persönlich zu nehmen."

„Ja, das macht es schwierig."

Ich versuche, Sie von ihrer emotionalen Schwere zu erlösen: „Und worüber denken Sie im Moment nach?"

„Bis vor kurzem dachte ich an die Empathie, die ein Mensch empfindet. Wie er sich in die Lage der ihn liebenden Menschen hineinversetzen kann. Aber jetzt haben Sie die Scheinwerfer in meine Richtung geschwenkt."

„Stört Sie das?"

Die Journalistin gesteht: „Ein wenig. Da ich bisher immer der Überzeugung war, eine kalkulierte und vernünftige Entscheidung getroffen zu haben. Aber die letzten Wochen haben mich verunsichert."

„Was genau hat Sie denn verunsichert?"

„Ich denke, mir wurde der Wert eines Menschenlebens klarer. Die Bedeutung eines Menschen für seine Mutter, für seine Ehefrau, für seinen Sohn... Alle erzählen etwas anderes, aber es reimt sich sehr oft darin, dass es Erinnerungen sind, welche die Menschen miteinander teilen. Und diese Erinnerungen sind offenbar ein wichtiger Bestandteil von dem, was einen Menschen ausmacht."

„Es ist ja nicht zu spät für eine neue Überzeugung?"

„Was mich wirklich stört... das immer, wenn ich mich für ein Kind entscheiden sollte, ich mich an meine Entscheidung dagegen erinnern und Reue verspüren werde."

„Sie sehen das deutlich zu negativ. Es ist kein Umweg, wenn man dennoch am Ziel ankommt. Und Unsicherheit und Zweifel sind doch nur ein Vorspann für eine feste Überzeugung."

„Es ist auch eine Frage der Zeit, wann man am Ziel ankommt und mit welchem Weggefährten."

„Was glauben Sie denn, würde passieren, wenn wir unendlich viel Zeit hätten?"

„Wahrscheinlich würden wir uns selbst mehr Fehler erlauben."

„Und was machen Sie jetzt, wo Sie wissen, dass Ihre Zeit begrenzt ist? Sie erlauben sich keine Fehler mehr. Und damit verschwenden Sie Ihre begrenzte Zeit."

Wir hören Schritte im langen Flur und nehmen unsere schwarzen Augenbinden ab. Die Tür der Garderobe öffnet sich und meine Assistentin steht da in ihrer schwarzen Hose mit Seitentaschen und einem blauen Pullover.

„Dein Pullover hat ja eine schöne Farbe", sage ich ihr.

Sie antwortet leicht genervt: „Der ist eigentlich weiß."

Ich sehe etwas genauer hin: „Nein, der ist blau."

Sie geht ein paar Schritte vom Türrahmen rückwärts und zeigt mit dem Zeigefinger zur Decke des Flurs: „Dein Freund hat endlich mal die Lampen repariert."

Ich zieh sie ein bisschen auf: „Du meinst wohl Lampe."

„Was? Ach, die Spiegel. Ja warum bin ich überhaupt hier? Jetzt hast Du mich total aus dem Konzept gebracht. Du tust das mit Absicht, nicht wahr?"

„Du kannst gerne später wiederkommen, wenn es Dir wieder einfällt. Ich habe alle Zeit der Welt."

„Nein! Eben nicht. Du hast nicht alle Zeit der Welt. Jetzt weiß ich es wieder. Du hattest mir gesagt, ich soll bei der Aufführung heute Abend vier Plätze in der vordersten Reihe freihalten."

„Ja, ich wusste nicht, dass das für Dich eine Herausforderung wäre."

„Hör auf damit! Die Plätze sind reserviert. Aber für wen sind die eigentlich? Ich würde das gerne den Leuten am Ticketschalter mitteilen."

„Brauchst Du nicht. Ich werde die Gäste selbst am Eingang empfangen und zu den Plätzen führen. Sonst noch was? Wir würden hier nämlich gerne fortfahren."

„Wie viele Sitzungen habt Ihr noch vor, zu machen, wenn ich fragen darf?", fragt sie uns, während sie mit Zeigefinger und Mittelfinger ein Anführungszeichen in der Luft setzt.

Ich sehe meine Gesprächspartnerin an und sage meiner

Assistentin: „Das wird heute die letzte."

„Gut. Dann können wir endlich wieder zur Tagesordnung zurückkehren."

Sie schließt die Tür und wir hören nur noch ihre Schritte im Flur, die sich aufgrund der steigenden Entfernung im Nichts auflösen.

„Es ist also unsere letzte Sitzung heute?", fragt mich die Journalistin.

„Ja, Sie sollten auch wieder zu Ihrem Alltag zurückkehren und über wichtigere Dinge schreiben."

„Das war mit Abstand das Eigenartigste und zugleich Bedeutendste, was ich in meiner Arbeit bislang erlebt habe."

„Sie hatten mir aber versprochen, einen Vorabentwurf zuzuschicken, den ich freigeben darf vor der Veröffentlichung."

Sie lächelt: „Ich werde keine einzige Silbe über all das schreiben. Aber tun Sie nicht so, als wüssten Sie das nicht bereits."

Ich frage mit hochgezogenen Augenbrauen nochmal nach: „Es bleibt also unser Geheimnis?"

„Vielleicht irgendwann ein Buch, aber im Moment habe ich Besseres zu tun."

„Was auch immer in Ihrem Terminkalender steht, vergessen Sie bitte nicht die Aufführung heute Abend."

„Ich kenne Ihren Auftritt doch bereits. Schon so oft gesehen."

„Nein, heute wird es anders. Ich werde etwas später mit meinem letzten Monolog beginnen."

„Warum?"

„Weil in der ersten Reihe Menschen Platz nehmen werden, die eine Verzögerung verdienen, da die Personen wichtiger sind als meine Arbeit."

Die Zufriedenheit ist an ihrem Gesichtsausdruck deutlich zu erkennen: „Sie haben sie alle drei eingeladen?"

„Ja, das habe ich."

„Wie wundervoll! Das freut mich für Sie."

Ich stehe von meinem Hocker auf: „Und nun müssen Sie mich wirklich entschuldigen. Sie haben meine Assistentin gehört. Ich muss zur sogenannten Tagesordnung zurückkehren."

Sie steht ebenso auf: „Es war mir wirklich eine Freude und ich müsste lügen, wenn ich sage, dass mir unsere Gespräche nicht fehlen werden."

Ich gehe zum großen antiken Schrank links neben der Tür und hole aus der Vitrine eine kleine in Geschenkpapier verpackte Box hervor: „Es ist wichtig, ganz gleich, ob man sich im Leben noch einmal begegnet oder nicht, einen roten Faden zu behalten. Ich hatte einen mit meinem Vater, wie Sie wissen. Und das hier könnte unser sein. Er wird sie immer an den einen Abend erinnern, an dem wir diese verrückte Idee hatten."

Sie nimmt die kleine Box entgegen: „Wäre es unangemessen, wenn ich sie jetzt gleich öffne?"

„Nein, keineswegs. Für mich wäre es sogar von Vorteil. Ihr Gesichtsausdruck könnte mir sagen, ob meine Vorstellung für das Geschenk zutreffend war."

Sie öffnet nacheinander die Falten des Geschenkpapiers und öffnet die Box: „Ach du meine Güte. Das sind ja Handschuhe."

„Ja und sie haben innen drin eine extra Schicht. Ich sagte Ihnen ja, sie sollten welche tragen, die Ihre Finger auch wirklich warmhalten."

„Nur schade, dass ich die erst nächsten Winter tragen kann."

„Ja und jeder Winter wird Sie an unsere Begegnung erinnern. Unsere rote Feder."

„Faden!"

„Was?"

„Sie sagten gerade Feder."

„Ja klar, Feder oder Faden. Sie wissen was ich meine."

„Ich danke Ihnen."

Ihr Handy klingelt und sie macht sich auf den Weg zur Tür: „Eine Frage noch. Sie haben alle drei eingeladen..."

„Ja?"

„Also Ihre Mutter, Ihre Ehefrau und Ihren Sohn. Aber Ihre Assistentin sprach von vier Plätzen und nicht von drei."

„Ich sagte ja, kommen Sie heute Abend."

Sie lächelt wieder: „Das kann ich Ihnen versprechen. Diese Gelegenheit lasse ich mir nicht entgehen."

„Eine Frage hätte ich auch noch an Sie. Sie haben bei

unserem ersten Treffen hier in dieser Garderobe davon gesprochen, dass man erst am Ende weiß, ob man seine Zeit verschwendet hat oder nicht. Wie fällt Ihr Urteil nun aus, jetzt, wo wir doch am Ende der Geschichte angelangt sind?"

An ihrem Lächeln weiß ich, dass es auf die Frage keine Antwort geben wird. Zumindest keine, die ausgesprochen werden muss. Mit eben diesem Lächeln verlässt sie meine Garderobe und marschiert zur Tür hinaus, während sie an den noch ungetragenen Handschuhen riecht.

Im Flur ruft sie noch: „Und die Idee mit den Spiegeln an der Decke ist wirklich gut."

Ich schließe die Tür, betrachte mich kurz im Spiegel und entscheide mich, mir selbst noch eine Stunde Ruhe zu gönnen, bevor die Vorbereitungen der heutigen Aufführung beginnen und jeder Mitarbeiter denkt, die Last des ganzen Planeten würde einzig und allein auf seinen Schultern liegen.

Deshalb hole ich mir ein kleines blaues Handtuch hervor, halte es kurz unter den Wasserhahn, lege mich auf das Sofa und hoffe, dass mich zumindest in der nächsten Stunde keiner dazu auffordert, das nasse Stück Stoff von den Augen zu nehmen.

VIII

ANGST

Den Puls der Zeit am Handgelenk
Siehst du die Zeiger tanzend im Takt
Doch siehst du nicht deren Schatten
Die Momente, die du hast verschwendet

An der Haltestelle angekommen stellen wir fest, dass wir die einzigen sind, die auf die Bahn warten. Aus der Ferne würden wir auffallen – die einzigen zwei Schatten – nach uns würden die Straßenlichter auch ihre Schicht beenden.

Die Bahn ist pünktlich und öffnet uns mit aller Herzlichkeit die Tore. Wir setzen uns gegenüber an einen Viererplatz. Sie zieht ihre Handschuhe aus und reibt sich ihre rot angelaufenen Fingerspitzen am Mantel.

„Sie tragen Handschuhe und haben jetzt rote Finger. Sie sollten sich welche kaufen, die auch warmhalten."

„Der Winter ist doch bereits vorbei. Jetzt brauch ich doch keine neuen mehr."

„Also..."

„Also?"

„Sie wollten doch beim Ende beginnen."

„Ja es wäre interessant, wie das Leben des Schauspielers weitergeht, wenn der letzte Akt vorbei ist."

„Wie das Leben weitergeht? Sehen Sie, ich fahre jetzt nachhause. Damit hat sichs auch."

„Was ist mit Familie? Ein Zuhause ist doch ein ganzes Kapitel für sich. Darüber könnte man doch erzählen."

„Meine Familie hat mit meiner Arbeit nichts zu tun. Wir sollten uns auf meine Arbeit konzentrieren."

In ihrer Tasche ist ein Klingeln nicht mehr zu überhören: „Gehen Sie doch ran."

„Das kann warten" antwortet sie etwas unruhig.

„Wir fahren noch ein ganzes Stück – Gehen Sie bitte ran."

Sie nimmt den Anruf entgegen. Scheint privat zu sein. Ich sehe aus dem Fenster. Nachts werden die Fenster der Bahn zu Spiegeln. Wenn man ganz nah seine Nase gegen die Scheibe drückt, erkennt man noch etwas in der Dunkelheit. Durch die verdoppelten Fensterscheiben sehe ich mich selbst zweimal – wo doch einmal schon zu viel gewesen wäre. Jetzt heißt es einfach nur warten und hoffen, dass sie das mit der Familie vergisst, nachdem sie zu Ende telefoniert hat. Oder sie telefoniert so lange, dass ich an meiner Station ankomme. Beides würde es für mich einfacher machen. Ich lehne mich mit dem Kopf an die kühle Fensterscheibe und lasse die sinnlosen Sätze meiner Begleiterin über mich ergehen.

∞ ∞ ∞

Ich steige aus der Bahn, ohne mich zu verabschieden. Es schneit immer noch, aber durch die schwache Straßenbeleuchtung ist kaum Schnee erkennbar. Ich rase die Stufen im Treppenhaus hinauf in den fünften Stock. Die Stufen überspringe ich paarweise und zähle: zwei, vier, sechs, acht, zehn...

∞ ∞ ∞

„Wachen Sie auf...

Aufwachen! Sonst verpassen Sie Ihre Station."

Ich setze mich in der Straßenbahn aufrecht hin und versuche mich wieder zurechtzufinden: „Was ist passiert?"

„Ja, Sie sind wohl kurz eingenickt. Ich habe den Anruf entgegengenommen und habe nur noch gesehen, wie Sie Ihren Kopf an der Fensterscheibe angelehnt haben. So lang hat das Telefonat aber gar nicht gedauert."

„Mir kommt es wie eine halbe Ewigkeit vor. Die Zeit spielt im Traum wohl eine gänzlich andere Rolle."

„Haben Sie geträumt? Ich erinnere mich kaum noch an meine Träume, wenn ich so darüber nachdenke."

„Vermutlich träumen wir immer, wenn wir schlafen. Sie haben recht. Wie könnte man sich an so viele Dinge erinnern, die nie geschehen sind."

Ihre Neugier kennt keine Grenzen: „Darf ich fragen, was Sie genau geträumt haben?"

„Für einen Traum war es schon sehr intensiv."

„Das macht mich nicht weniger neugierig."

Ich sehe aus dem Fenster hinaus. Es schneit immer noch. Vom Traum möchte ich ihr wirklich nicht erzählen, dafür kennen wir uns erst seit diesem Abend. Träume offenbaren meist zu viel Persönliches und sie ist Journalistin von Beruf.

„Ich bin auch deshalb neugierig, da sie im Schlaf gesprochen haben. Hat sich fast danach angehört, als würden Sie irgendwelche Zahlen wiederholen."

„Sie haben mich zählen gehört?"

„Ja, so in der Art. War schon eigenartig."

Wie peinlich, nicht mal das Unterbewusstsein steht einem loyal zur Seite.

„Ich habe geträumt, dass ich die Stufen im Treppenhaus hinauflaufe. Dabei habe ich wohl gezählt."

„Und was ist danach geschehen? Treppenstufen hören sich nicht nach einer intensiven Erfahrung an."

„Ja, ich bin zuhause angekommen, habe die Balkontür geöffnet und bin danach auf die Fassade des Balkons gestiegen."

„Und dann?"

„Dann... Ja, dann bin ich ausgerutscht und gefallen."

„Verstehe."

„Was verstehen Sie?"

„Haben Sie im Traum Angst verspürt?"

„Angst? Wovor?"

„Ja vor dem Aufprall?"

„Nein, da scheine ich wieder gezählt zu haben."

Sie starrt mich mit einem Blick an, den man nur hat, wenn man eine Rechenaufgabe lösen will und stellt die absurde Frage: „Sehen Sie es bitte nicht als Teil meiner Arbeit, aber haben Sie einen Grund, depressiv zu sein?"

Was bildet sie sich nur ein, denke ich mir, aber ich stehe gerne über den Dingen: „Könnte ich das überhaupt selbst beurteilen, ob ich depressiv bin?"

„Offenbar haben Sie sich bereits damit befasst.

Beurteilen könnten Sie es vielleicht nicht. Aber Ihr Traum zeigt ein entsprechendes Szenario. Hatten Sie diesen Traum zum ersten Mal?"

„Es war ein Unfall! Ich bin ausgerutscht."

Die Straßenbahn hält unerwartet an und eine Durchsage ist zu hören: „Verehrte Fahrgäste, aufgrund der aktuellen Wetterlage, haben zwei andere Linien Verzögerungen, weshalb wir aus Vorsicht vor möglichen Überschneidungen, für etwa zehn Minuten einen Stopp einlegen müssen. Wir bitten um Ihr Verständnis. Vielen Dank."

Die Unterbrechung des Gesprächs kommt mir gelegen. Hoffentlich wechselt sie nun endlich das Thema.

„Stellen Sie sich bitte vor, ich würde im Gebäude gegenüber wohnen und einen erwachsenen Mann auf der Fassade seines Balkons stehen sehen. Und dann beobachten, wie er fällt. Aus meinem Blickwinkel wäre es ziemlich eindeutig. Außer Sie können mir einen Grund nennen, warum sie auf der Fassade standen."

„Es war nur ein Traum. Und warum sollten Sie meinen Traum aus Ihrer Perspektive sehen können?"

„Darum geht es aber nicht."

Ich unterbreche sie verärgert: „Ach ja, worum geht es dann? Sie wollten doch mit mir über meine Arbeit sprechen und ich hatte Ihnen gesagt, dass wir das heute Abend gerne tun können. Mit der Bedingung, dass es dabei nicht um meine Familie geht. Können wir bitte genau da weitermachen und diesen unwichtigen Traum vergessen?"

„Unterschätzen Sie so etwas bitte nicht."

„Und Sie! Überschätzen Sie so etwas bitte nicht. Sind Sie jetzt Traumdeuterin oder Berichterstatterin?"

„Ich meine ja nur, im Spiegel sieht Ihr sogenannter Unfall vom Balkon aus wie... Sie wissen schon! Ist es denn nicht interessant, wie vermeintliche Fakten ihre Bedeutung verändern, wenn man den Blickwinkel ändert?"

„Worauf wollen Sie hinaus?"

„Sie als Schauspieler haben doch die Fähigkeit, sich in andere hineinzuversetzen."

„Ja, in die Rolle einer Figur, die wahrscheinlich im 16. Jahrhundert geschrieben wurde. Da ist doch nur genug Vorstellungsvermögen gefragt."

„Aber was ist mit Ihrer Familie?"

„Wieso kommen Sie mir jetzt wieder mit meiner Familie? Das ist ein Bereich, der ist für Sie tabu! Was verstehen Sie daran nicht?"

„Ich verstehe, dass ich nicht mit Ihrer Familie über Sie sprechen darf und deren Aussagen nicht in meine Arbeit einarbeiten darf. Aber das ist auch nicht relevant."

„Na wenigstens sind wir uns an dieser Stelle einig."

„Mein Vorschlag klingt vielleicht verrückt, aber was wäre, wenn...?"

Sie sieht mich so erwartungsvoll an, als hätte ich die Erlaubnis, ihre Gedanken zu lesen.

„Was wäre wenn? Helfen Sie mir bitte auf die Sprünge.

Die Bahn fährt auch nicht mehr weiter. Denken Sie ruhig noch darüber nach und entscheiden Sie dann, ob Sie mir von Ihrem verrückten Einfall erzählen wollen."

„Was wäre, wenn Sie sich als Schauspieler in Ihre Familie hineinversetzen und mit mir Gespräche führen. So könnten Sie selbst entscheiden, was genau Sie mir erzählen und vielleicht helfen diese Gespräche Ihnen auch noch dabei, den Ursprung Ihrer Depression zu finden."

„Ich bin nicht depressiv! Habe das auch nie bestätigt. Was erlauben Sie sich eigentlich? Und diese Idee ist nicht nur verrückt, sondern anmaßend. Alle Aussagen, die ich im Namen meiner Familie machen würde, wären für Sie faktisch unbrauchbar, da sie nur meiner Interpretation entsprungen wären."

„Was wären Sie für ein Schauspieler, wenn Sie in Ihrem Leben nicht die Rolle einer Person einnehmen könnten, die mit Ihnen dieselben Erinnerungen und Ereignisse teilt? Sie können dabei selbst den Kontext und die Kulisse bestimmen."

„Ich verstehe aber nicht, wie Sie das in Ihren Artikel einbringen wollen. Da es sich nicht um Fakten handeln würde, sondern nur um subjektive Wahrnehmungen."

„Es sind ja auch keine Fakten, aber sie schaffen ein Gesamtbild."

Ich sehe wieder aus dem Fenster hinaus. Der Schnee häuft sich und hüllt die Landschaft in eine kalte weiße Decke. Ihre Idee ist eine Provokation. Wenn ich mich darauf einlasse, fordere ich Dinge heraus, die bereits seit Jahren auf dem Friedhof der Verschwiegenheit vergraben liegen. Warum sie da liegen, hat immerhin seine Gründe. Bevor man Mauern einreißt, sollte man gründlich in Erfahrung bringen, warum sie errichtet wurden.

Ich versuche, die Journalistin mit ihren eigenen Ideen zu entwaffnen: „Sie hatten heute davon gesprochen, meine Geschichte da zu beginnen, wo der letzte Monolog zu Ende geht. Wie würden Sie dann diese Gespräche mit mir, besser gesagt, mit meinen Angehörigen, herleiten? Sie hätten doch gar keinen Anhaltspunkt."

„Gute Frage..."

Sie schweigt und knabbert auf ihren Fingernägeln. Eine sehr kindliche Art, nachzudenken. Sie sieht mich mit einem starren Blick an und knabbert weiter. Das ist ja unerträglich. Vielleicht sollte ich einen Vorschlag einbringen: „Außer..."

Sie hört mit dem Knabbern auf: „Ja?"

„Wir lassen den Traum Wirklichkeit werden. Ich bin heute aus dem Zug gestiegen, die Treppen hochgelaufen, habe die Balkontür geöffnet... und den Rest kennen Sie ja."

„Ich verstehe nicht. Wie sollte das zu den Gesprächen führen?"

„Ja, sie wären doch die letzte Person, die ich heute Abend getroffen habe. Denken Sie nicht, dass es Ihnen Unruhe bescheren würde, wenn Sie der letzte Mensch sind, dem ich begegne, bevor ich vom Balkon falle?"

Sie macht aus ihrer Begeisterung kein Geheimnis: „Oh mein Gott. Das ist es!"

„Erhoffen Sie sich bitte nicht zu viel, da ich eine Bedingung habe."

„Eine Bedingung?"

„Ja, sie werden keinen der Namen meiner Familienmitglieder erfahren. Es besteht für mich die Gefahr, dass Sie die Informationen verwenden, um die Personen im wirklichen Leben ausfindig zu machen."

„Das würde ich niemals tun. Da sollten Sie sich wirklich auf mein Wort verlassen."

„Ihr Wort? Sie haben mir vorgeschlagen, dass wir ein Lügenspiel spielen, um irgendwelche Wahrheiten herauszufinden."

„Ja aber wäre das nicht wahre Kunst? Lügen, um die Wahrheit zu erfahren?"

Meine Güte, wie recht sie nur hat. Ehrlich gesagt, fühle ich mich geradezu ermutigt, Grenzen zu überschreiten. Das Ganze ist eine Herausforderung, auf die ich mich schon aus reiner Neugier einlassen würde.

„Ihnen ist aber klar, dass wir sehr viel improvisieren werden? Ich bin Schauspieler, ich habe meine Eselsbrücken, mich in eine bestimmte Stimmung zu versetzen. Sie sind aber keine Schauspielerin. Wie wollen Sie das bewältigen? Ein falscher Ton und der Dialog ist im Eimer."

„Wenn Sie mir da auch eine Methode verraten könnten."

Ich muss lachen: „Nein! Sie müssen ihren eigenen

persönlichen Ansatz finden. Vielleicht irgendwelche Gedanken, Selbstgespräche, Beobachtungen, die ihnen helfen könnten, sich auf die Szene zu fokussieren..."

Sie wirkt sichtlich überfordert: „Das klingt kompliziert. Vielleicht komplizierter als es ist. Was wäre, wenn ich einfach auf das reagiere, was Sie sagen? Das könnte doch genügen, oder nicht?"

Ich mache es ihr nicht zu einfach: „Nein das ist zu wenig. Wenn Sie ein Problem mit möglichen Ablenkungen haben, sollten Sie beim Gespräch einfach die Augen schließen. Das hilft Ihnen vielleicht dabei, sich die Umgebung besser vorzustellen."

„Ja und meine Gedanken, meine Eselsbrücke? Ich wäre dadurch doch in einer völlig anderen Vorstellung, einer anderen Umgebung, als Sie in diesem Moment?"

„Dann bleibt Ihnen wohl nichts anderes übrig, als die Gedanken laut auszusprechen. Das können wir gerne beim Beginn eines jeden Gesprächs machen. Ich überlasse Ihnen vollständig die Bühne und sie bauen Gedanke für Gedanke, Stein für Stein, die Welt, in der Sie sich zurechtfinden können. Ich betrete die Welt erst, wenn ich das Gefühl bekomme, dass sie sich verirren werden."

„Aber so ganz ohne Namen? Wird das nicht schwierig?"

„Wir sind doch nur zweit, was soll da schwierig sein?"

Mit der nächsten Durchsage fährt die Straßenbahn weiter: „Verehrte Fahrgäste, nach einer kurzen Verzögerung fahren wir wieder planmäßig in Richtung alter Tabakfabrik. Wir bitten Sie um Entschuldigung für die Unannehmlichkeiten und wünschen Ihnen noch einen schönen Abend."

Im Durchgang der Bahn sehe ich einen älteren Mann mit seinem kleinen weißen Hund auf dem Arm an einer Fensterscheibe stehen. Er spricht mit ihm, zeigt ihm den Schnee.

„Und sollten Sie sich in Ihrer Umgebung verirren oder nicht weiterkommen, dann finde ich schon einen Weg, wie man ihnen helfen könnte."

„Verirren? Wir werden doch mit offenen Augen ein wenig proben, bevor wir die Augen schließen?"

„Wir proben nicht, wir improvisieren. Willkommen in meiner Welt. Sie werden schon noch merken, was Sie sich da eingebrockt haben. Sie hoffen zwar, etwas über mich zu erfahren. Aber es besteht bei so etwas immer die Gefahr, dass man auch viel über sich selbst erfährt."

„Das wird schon nicht passieren, denke ich. Wann wollen wir damit anfangen?"

„Wir machen eine Sitzung pro Woche. Die erste heute in einer Woche. Kommen Sie wieder in die Garderobe. Meine Assistentin wird Sie nicht mehr aufhalten."

Ich richte mich auf, da die Bahn gleich anhalten wird: „Also bis in sieben Tagen. Die gleiche Uhrzeit, wie heute."

IX

ERLÖSUNG

Sag den großen Kindern und
ihrer verschollenen Unschuld
Es ist Zeit, Abschied zu nehmen
Abschied vom Gefühl der Einsamkeit

Es ist heute meine hundertste Vorstellung des Sommernachtstraums. Zum hundertsten Mal spiele ich den Puck. Und bis heute erhalte ich Applaus für den Monolog am Ende. Ein Monolog, der den Menschen erklären soll, dass alles nur ein Traum gewesen sei. In all den Wirrungen und Wendungen der Geschichte, ist es meine alleinige Aufgabe, dem Publikum die Illusion, fernab der Realität zu erklären. Dafür benötige ich nicht viel. Etwas Gesichtspuder und ein Paar falscher Ohren.

Ich tupfe die Spitze meines Zeigefingers ins Puder und schreibe auf den Spiegel, vor dem ich sitze, die Zahl Hundert. Die zwei Nullen wirken wie eine Brille, in der sich meine Augen präzise platzieren lassen. Je genauer ich meine Augen in den beiden Nullen betrachte, wird alles um die runden Formen herum unscharf.

Während ich meine beiden Linsen wieder auf den ganzen Spiegel scharfstelle, spüre ich, wie ein Schatten hinter mir erscheint. Der Schatten nimmt die Form eines Jungen an. Ein Junge, dessen Gesichtsausdruck nichts offenbart, weder Freude, noch Trauer.

Er scheint Fragen zu haben. Ja, der Blick wirkt fragend. Mit seiner roten Feder, die fest am Ohr sitzt, als träge er sie von Geburt an. Aber wie wird jemand, der niemals erwachsen wird, geboren? Und somit niemals sterben?

Ich lehne mich auf dem Hocker zurück und betrachte meinen Weggefährten genauer. Keiner von uns beiden will so wirklich den Anfang machen, da wir wohl beide wissen, dass es womöglich unser letztes Gespräch sein wird.

Er bricht das Schweigen: „Ist es eines dieser Tage, an dem du Angst davor hast, die Augen zu schließen?"

„Ab heute wird wohl jeder Tag ein solcher Tag sein müssen."

„Du weißt, dass Du nur die Augen schließen musst, damit Du mich siehst?"

„Ja, aber es gibt keinen Anlass mehr dafür, dich sehen zu wollen."

Er wirkt etwas bedrückt: „Welchen Anlass hast Du heute verloren? Welcher Grund genügt Dir heute nicht mehr, um mich als Freund herbeizurufen?"

„Du warst ein Geschenk meines Vaters. Mein Vater, der seit langer Zeit verstorben ist. Du hast meine Unschuld, meine Kindheit bewahrt. Dafür danke ich dir."

„Bedeutet Erwachsen werden also auch Abschied nehmen?"

„Ja, es bedeutet Abschied nehmen. Denn ich habe selbst einen Sohn. Und eine Frau und eine Mutter. Sie alle warten auf mich. Auf einen Menschen, der endlich seine Pflichten erfüllen muss."

„Ich bin ein Geschenk deines Vaters an Dich. Warum kann ich nicht ein Geschenk von Dir an Deinen Sohn sein?"

„Nein. Wir werden geboren, erleben als Kind so manches Abenteuer, werden erwachsen und schlafen eines Tages in der Wiege des Todes ein. Alles hat seine Zeit und seinen Anlass. Du warst mir ein treuer Freund in der Einsamkeit, aber die Reise mit Dir war sehr lang und hat mich von meinen Liebsten ferngehalten. Nun ist es Zeit, nachhause zurück zu kehren."

Im Spiegel sehe ich, wie er mit trauriger Miene mal an meiner linken und mal an meiner rechten Schulter erscheint, bevor er sich Stück für Stück in Luft auflöst. Wie Staub fliegt er davon, so majestätisch schaukelnd, dem Licht entgegen. Und mittendrin in der Staubwolke die rote Feder.

Ich wische die Zahlen vom Spiegel, verteile das Puder auf dem Gesicht und setz die Ohren auf. Während meines Marschs durch den langen, blau beleuchteten Flur, weiß ich bereits, wer heute in der ersten Reihe Platz nehmen wird. Drei Menschen die ich vernachlässigt habe. Drei Wände, die ein Zuhause bilden sollten, aber auf die vierte Wand warten mussten, bis sie stark genug ist, um das Dach halten zu können. Und eine Person, die mir vor ein paar Monaten noch völlig fremd war – die mir aber dabei geholfen hat, meine verloren geglaubte Stärke wieder zu finden. Sie hatte ihr Talent, einem Menschen zuhören zu können, dafür eingesetzt, meiner Illusion ein Ende zu bereiten. Den Traum von immer wiederkehrender Sehnsucht nach etwas, was nicht zurückkehren kann. Manche Tage sind grau, andere sind grauer. Bis sie in Dunkelheit versinken und in Helligkeit erwachen. Es ist Zeit aufzuwachen – an einem Morgen, der die Nacht verdrängt. Es ist Zeit einzuschlafen, in einer Nacht, die auf den Morgen warten lässt.

Wie sehr Licht einen blenden kann, merkst du erst, wenn du auf der Bühne stehst. Eine Bühne, die aus dem Sohn einen Vater und aus dem Vater einen Sohn macht. Eine Bühne, die alle Spiegel um dich herum vereinen lässt, sobald die Scheinwerfer verstummt sind. Trotz der ganzen Feinde, die damit drohen, dein Spiel zu entlarven, kannst du dir immer sicher sein, dass die Spiegel dich beschützen. Sie zeigen alle dein wahres Ich, aber immer mit ihren eigenen Augen. Sie alle wollen dir die Wahrheit offenbaren, aber warten nur darauf, bis du dich ihnen zuwendest. Die Spiegel wollen dir zeigen, welche Schönheit sie in dir sehen.

Die Wahrheit, ein Sohn zu sein, ein Ehemann und Vater zu sein steht auch jeden Tag vor dem Abgrund und droht zu scheitern. Aber die Mutter, die Ehefrau, der Sohn – sie stehen alle bereits unten und sind bereit, dich aufzufangen. Dich in Sicherheit zu wissen und dich zu lieben.

Wen stört noch die Lüge, wenn sie einen die Wahrheit erkennen lässt? Wenn sie einem den Weg nachhause zeigt? Vielleicht kommen sie alle, um diese Lüge zu sehen, um einen Funken Wahrheit über sich selbst zu erhalten. Jeden Abend kommen sie, bezahlen für die Lüge und gehen nicht mehr als dieselben nachhause.

Ich lasse ein paar Sekunden verstreichen, bis ich zu meinem krönenden Ende komme. Das Ende, das einen neuen Anfang einläutet. Den Anfang einer Zeit, in der ich erwachsen werde und in den Augen meines Kindes, Kind sein werde.

Der Vorhang geht auf und da stehe ich nun. In schwarzer Kleidung und mit falschen Ohren. Ich lasse noch ein paar Sekunden verstreichen und halte meine flache Hand über meine Augen, um mich nicht weiter von den Scheinwerfern blenden zu lassen. Ich lasse meine Blicke in der ersten Reihe umher wandern.

Und siehe da, da sitzen sie. Der Stolz in den Augen einer Mutter, das bedingungslose Lächeln einer Gefährtin und die Begeisterung eines Sohnes. Und ja – die Anerkennung einer Freundin. Ich hebe die Hand von den Augen...

„Wenn wir Schatten euch beleidigt
O so glaubt und wohl verteidigt
Sind wir dann - ihr alle schier
Habet nur geschlummert hier
Und geschaut in Nachtgesichten
Eures eignen Hirnes Dichten.
Wollt ihr diesen Kindertand,
Der wie leere Träume schwand,
Liebe Herrn, nicht gar verschmähen,
Sollt ihr bald was Besseres sehn.
Wenn wir bösem Schlangenzischen
Unverdienterweise entwischen,
So verheißt auf Ehre Droll
Bald euch unsres Dankes Zoll;
Ist ein Schelm zu heißen willig,
Wenn dies nicht geschieht, wie billig.
Nun gute Nacht! Das Spiel zu enden,

Die Lichter im Saal erhellen die getrübten Blicke. Der Applaus verirrt sich in einer Melodie, die Glück und Segen gleichermaßen spüren lässt. Ich verbeuge mich nicht, sondern lege meine Hand aufs Herz, denn ich möchte sie sehen. Alle, die heute gekommen sind, um einer Illusion zu lauschen. Um etwas Wahrheit zu gewinnen. Eine Wahrheit, welche die Lüge des Alltags vergessen lässt. Die Wahrheit, auf die wir uns alle geeinigt haben, dass wir sie brauchen. Die Wahrheit, dass niemand allein ist auf dieser Welt. Die Wahrheit, die allen Spiegeln ermöglicht, das zu zeigen, woraus wir wirklich bestehen – aus Liebe. Bis der Vorhang fällt.

DANKSAGUNG

Ein Buch zu schreiben ist womöglich immer eine Reise, die man niemals alleine antreten sollte. Im Folgenden möchte ich mich bei den Menschen bedanken, die mir bei dieser Reise eine große Hilfe waren (in alphabetischer Reihenfolge):

Attia Kashif
Christian Gschwendtner
Imran Ahmed
Misbah Mahmood
Mubashir A. Sabir
Nasim Kashif
Sobia Mahmood
Tahir N. Chaudhry
Thomas Ays

DER AUTOR

Qamar Mahmood (geb. 1987) ist Sohn pakistanischer
Einwanderer, in Niederbayern aufgewachsen, lebt und
arbeitet heute als Mediendesigner in Regensburg. Etwa
sechs Jahre begleitete ihn die Idee zu seiner Debütnovelle
"Zwischen den Spiegeln".

Mehr Infos & Kontakt:
www.qamar-mahmood.de